악의 연대기

악의 연대기

백운학 원작 | 미더라 소설

가연

| 차례 |

프롤로그

칠흑 같은 어둠이 모든 것을 가리고 있었다. 낡고 허름한 담벼락도, 동네 여기저기 널려있는 너절하고 남루한 잡동사니들도, 그리고 세차게 쏟아지는 빗줄기도.

　　쏴~

　　어둠이 가리지 못한 것은 귓가를 적시는 빗소리뿐이었다. 듣고 있기만 해도 기분이 침울해지는 눅눅한 빗소리. 그런 빗소리 너머로 눈에 보이는 것이라곤 집과 담벼락, 그리고 전봇대의 어렴풋한 형체뿐이었는데, 마치 낡아서 흐릿해진 한 장의 흑백사진을 보는 것 같았다.

　　흑백사진같이 보인다고는 했지만, 추억이 배어있는 아련함을 떠올리게 하는 그런 사진은 아니었다. 오히려 짙고 묵직한 불길함이 덕지덕지 묻어있는 그런 사진이라고 하는 편이 옳았다. 군데군데 있는 가로등이 불을 밝히고는 있었지만, 너무 희미해서 주변을 짓누르고 있는 음울한 분위기를 걷어내지 못하고 있었다.

그런데 저 멀리서부터 갑자기 무언가가 빛나기 시작했다. 처음에는 작은 불빛만 보였는데, 얼마 지나지 않아 점점 더 많은 빛이 반짝거리게 되었다. 그리고 빗소리를 뚫고 요란한 사이렌 소리가 들리기 시작했다. 번쩍이는 경광등과 요란한 사이렌 소리. 그것들은 점점 가까워지기 시작했는데, 어둠과 비 때문인지 경광등의 불빛이 무척이나 요란스럽게 보였다.

그렇게 많은 수의 경찰차가 내달리고 그 뒤로 꼬리를 무는 것 같이 창문에 불이 켜졌다. 그리고 사람들이 웅성거리면서 밖으로 나오기 시작했다.

사실 경찰차 한 대 정도가 지나가는 거였다면 아무도 신경 쓰지 않았을 것이다. 사건이 일어나는 거야 흔하디흔한 동네였으니까. 평소에도 야심한 밤에 경찰차가 동네를 훑고 지나가는 일이 허다해서 대수롭지 않게 여겼을 것이다.

하지만 오늘은 평소와는 달랐다. 이렇게 많은 수의 경찰차가 움직이는 건 술만 마시면 이 동네 터줏대감이라고 자랑 삼아 떠벌리는 사람들도 처음 겪는 일이었으니까.

"무슨 일이여?"

"몰러. 낸들 아나? 그런데 짭새들이 진짜 개떼같이 몰려왔구면."

옷을 대충 챙겨입은 사람들이 나와서는 경찰차가 멈춘 곳 주변을 기웃거렸다. 무슨 일이 났는지 궁금해하면서.

"저기 봉수네 아녀?"

"그러게. 왜 저기들 다 몰려가 있는 거여?"

경찰차는 어느 집 앞에 집결해 있었는데, 사람들은 점점 그 집 근처로 모여들었다. 개중에는 경찰에게 다가가서 무언가를 물어보는 사람도 있었는데, 이야기를 들은 사람은 놀란 눈을 하고는 사람들에게 와서 수군거렸다.

"저, 저, 범인이 저기 있대."

사람들은 무슨 범인이냐며 물었는데, 남자는 답답하다는 듯 이야기했다.

"아, 왜 있잖아. 하우스에서 사람들 떼로 죽은 거."

"아, 그거? 어이구."

사람들도 모두 아는 사건이었다. 어떻게 모르겠는가? 사람이 그렇게나 많이 죽어나갔는데 말이다. 사람들은 웅성거리면서 집 쪽을 바라보았다.

"저놈이 범인인가 보네."

구경꾼 중 누군가가 내뱉은 말을 듣고 사람들은 그 사람의 손가락을 따라 고개를 돌렸다. 집에서 억세게 생긴 형사들이 40대나 됐음 직한 남자 하나를 붙잡아 끌고 나오고 있었는데, 초췌한 낯빛의 남자를 본 구경꾼들이 금세 수군거리기 시작했다.

"아니, 저 사람이야?"

"사람을 열둘이나… 하이고…"

"봉수네. 봉수…"

경찰차 뒤편을 가득 메우고도 모자라 이리저리 틈을 비집고 고개를 내민 구경꾼들이 혀를 차며 사내를 손가락질했다. 구경꾼들의 입방아가 듣기 거슬렸던 것일까. 모든 것을 포기한 듯 체념 어린 표정을 하고 있던 봉수가 갑작스레 멈춰 섰다.

봉수가 고개를 돌리자 구경꾼들이 헉 하는 헛바람 소리를 내며 행여 눈이라도 마주칠까 분분히 고개를 돌렸다. 하지만 봉수는 구경꾼들을 바라보고 있지 않았다. 그의 두 눈은 쏟아지는 비를 고스란히 맞으며 자신을 바라보고 있던 사내아이를 향해 고정되어 있었다.

현관까지 따라 나와 쏟아지는 비를 온몸으로 맞으며 서 있는 사내아이. 세차게 퍼붓는 빗줄기 사이로 사내아이의 눈과 시선을 마주한 봉수는 어벙한 미소를 지어 보이며 고개를 끄덕여 주었다. 마치 나는 괜찮노라 말하는 것 같이, 아무런 일도 없을 것이라고 말하는 것 같이.

"뭐하는 거야? 빨리 움직여."

형사는 쏟아지는 비를 맞는 게 짜증이라도 났는지 봉수를 다그치면서 끌고 갔다. 하지만 봉수는 끌려가면서도 아이에게서 시선을 떼지 못했다. 그런 봉수를 바라보는 아이 역시 넋이 나간 듯 미동조차 하지 않았다.

형사들은 봉수를 경찰차에 태웠고, 주변에 있던 형사들도 모두 차에 올랐다. 그리고 이곳에 왔던 것과 같이 요란한 소리를 내면서 떠났다. 점점 멀어져가는 경광등의 불빛. 그 모습을 보고 있던 아이의 눈에서 눈물 한 방울이 흘러내렸다.

하지만 구경꾼들은 경찰차만 쳐다보고 있었기 때문에 아이의 눈물을 보지는 못했다. 설사 아이에게 시선을 돌린 사람이 있다고 하더라도 짙은 어둠과 쏟아지는 빗줄기 때문에 눈물이 흐르는 걸 볼 수는 없었겠지만.

경찰차가 사라지고 나서야 사람들의 관심은 아이에게로 향했다. 마치 집 앞에 버리고 간 오물이라도 보는 듯한 눈빛으로 손가락질해댔다.

"살인마 아들이네, 살인마 아들."

"그러게… 그것도 사람을 열둘이나 죽인 살인마 아녀. 열둘이나…"

하지만 그런 웅성거림도 이내 멈추었다. 경찰이 모두 사라진 지금, 세차게 퍼붓는 비를 맞으며 늦은 시간에 밖에 있을 이유가 없었기 때문이었다. 사람들은 하나둘 세차게 쏟아지는 비를 피해 집으로 돌아갔다. 그렇게 사람들이 분분히 사라지자 사방은 다시 어둠과 빗소리로 가득 찼다.

그리고 어둠 속에 홀로 남겨진 채 우두커니 서 있는 사내아이. 아이는 경찰차가 사라진 곳, 지금은 아무것도 보이지 않는 어둠을 응시하면서 중얼거렸다.

"살인마의 아들…"

다시 칠흑 같은 어둠이 모든 것을 덮어버렸다. 그렇게 많았던 구경꾼들의 모습도 찾아볼 수 없었고, 주변을 밝히던 희미한 불빛도 모두 사라져버렸다. 남아있는 것이라고는 미친 듯이 쏟아지는 빗줄기, 그리고 모든 것을 집어삼킬 것 같은 어둠이었다.

아이는 그렇게 홀로 내동댕이쳐진 채 처연한 빗소리와 짙은 어둠에 서서히 잡아먹혔다.

살인 1

"잡아!"

"야, 거기 안 서?"

등 뒤로 따라붙는 형사들의 악에 받친 소리. 하지만 남자는 이를 악물고 달렸다.

"어휴, 질긴 새끼들…"

이제 코앞까지 다가온 골목길에만 들어서면 끈질긴 형사들을 따돌리는 건 일도 아니라고 생각하며 숨을 들이켰다. 하지만 남자는 들이마셨던 숨을 내뱉기도 전에 달음박질을 멈춰야 했다. 길을 막고 있는 사람이 있었기 때문이었다.

남자도 익히 아는 얼굴이었다. 이쪽에서 경찰서에 들락날락하는 사람치고 강력반 최창식 반장을 모르는 사람이 어디 있을까. 180cm가량 되어 보이는 키에 다부진 체격의 최반장을 보면서 남자는 오늘 똥 밟았다는 생각을 했다.

남자는 앞에 있는 사람이 반장 한 명이니 혹시라도 뚫고 나갈 수 있지 않을까 하는 생각도 해보았다. 반장의 나이가 40대 후반이니 팔팔한 근육질의 형사보다야 나을 테니까. 하지만 남자는 고개를 저었다. 그런 생각을 가지고 덤벼들었다가 당한 사람이 여럿이라는 얘기가 생각나서였다.

"에이, 씨."

그는 방향을 틀려고 재빨리 뒤를 돌아다봤는데, 이미 뒤쪽에서도 형사가 달려오고 있었다. 말 그대로 진퇴양난. 남자가 고민하는데 최 반장의 목소리가 들렸다.

"어이, 망치! 곱게 가자, 곱게. 너나 나나 몸이 재산인데 다치면 손해야."

최 반장이 한 걸음 앞으로 다가오면서 이야기했는데, 그 말을 들은 남자는 얼굴을 찡그리며 앞뒤를 슬쩍 살폈다. 하지만 빠져나갈 구멍은 없어 보였다. 결국, 그는 한숨을 내쉬면서 어깨를 축 늘어뜨렸다.

"그래. 그렇게 협조적으로 나오면 서로 좋잖아."

최 반장은 허리춤에서 수갑을 꺼내면서 망치라고 부른 남자에게 걸어갔다. 그런데 최 반장이 근처까지 접근하자 남자의 눈이 갑자기 매섭게 빛나더니 갑자기 주먹을 휘둘렀다.

"다친다니까 그러네."
하지만 대충 눈치를 채고 있던 최 반장은 주먹을 피하고는 망치의 팔을 확 뒤로 꺾어버렸다.
"아, 아. 팔, 파아알…"
망치는 아프다고 죽는소리를 했지만, 최 반장은 수갑을 채우고 나서야 팔을 놔주었다. 그리고 곧바로 도착한 형사들에게 망치를 넘겨주었다.
"아, 대장님. 그냥 계시라니까요. 이제 나이 생각하셔야죠. 그러다가 진짜로 다칩니다."
오 형사가 웃으면서 이런 일은 이제 애들한테 맡기라고 너스레를 떨었다. 그러다가 낭패를 볼 수도 있다면서. 최 반장도 알고 있었다. 요즘 몸이 예전 같지 않다는 걸. 세월을 이기는 사람은 없는 법이니까.
그래서 최 반장은 요즘 현장에 나갈 때 총을 항상 챙겼다. 하지만 오늘 팔팔한 녀석을 잡고 나니 아직 죽지 않았다는 걸 확인한 것 같아서 기분이 좋았다. 최 반장은 피식 웃으면서 대꾸했다.
"뭐야? 이 자식이. 얀마, 아직은 괜찮아. 그것보다 빨리 마

무리하고 삼겹살이나 먹자. 다들 그동안 고생했으니 체력 보
충 좀 해야지."

"이야, 역시 대장님이 최곱니다. 야, 막내야."

오 형사의 말에 곱상하게 생긴 청년이 재빠르게 뛰어왔다.
강력반의 막내인 차동재 형사였는데, 우락부락한 근육질의
오 형사와 나란히 서니 정말 극과 극이라는 느낌이 들었다.

"이 자식 이거 끌고 가. 후딱 집어넣고 오늘 살 좀 뜯자."

오 형사의 말에 팀원들이 모두 환호했다. 그리고 바로 범
인을 끌고 가서는 경찰차에 태웠다.

"형님, 이번에 상 받으실 것 같다면서요?"

경찰차를 타고 이동하면서 오 형사가 물었다. 대통령 표창
후보에 올라서 다들 기대를 하고 있었는데, 받을 것 같다는
이야기가 돌고 있었다.

"봐야 아는 거지. 그런 게 어디 맘같이 되는 일이냐."

"아닙니다. 그런 상은 현장에서 구르는 사람들이 타야 맞
는 거 아닙니까."

오 형사는 현장을 잘 아는 사람이 높은 자리에 올라야 한
다면서 목소리를 높였다.

"펜대만 굴리는 사람들이 뭘 압니까? 수사비는 쥐꼬리만
큼 주면서 실적만 내라고 하고."

오 형사는 수사비 나오는 거 가지고는 밥값도 모자란다면서 투덜거렸다. 최 반장은 웃으면서 다독였다.

"어쩌겠냐, 현실이 그런데. 유도리있게 해야지."

최 반장이 무슨 말을 더 하려는데 휴대전화가 울렸다. 액정을 보니 서장의 전화다. 최 반장은 바로 전화를 받았다.

"예, 서장님."

"야, 최창식이. 너 됐다."

"예?"

"됐다고 임마. 너 대통령 표창 받게 됐어."

최 반장은 순간적으로 눈이 두 배 정도 커졌다. 말은 봐야 아는 거라고 했지만, 속으로는 얼마나 상을 받기를 고대했던가. 최 반장은 있는 힘껏 소리라도 지르고 싶은 심정이었다.

"형님, 됐죠? 된 거죠?"

옆에서 언뜻 목소리를 들은 오 형사가 흥분해서 물었고, 운전석과 조수석에 앉은 팀원들도 귀를 기울이고 있었다. 최 반장은 기쁨을 그대로 내보이는 표정을 한 채 고개를 살짝 끄덕였고, 차 안에서 별안간 환호성이 터졌다.

• • •

번쩍이는 경찰 정복을 입은 최 반장은 서장실에 들어오면서 서장에게 경례했다. 서장은 활짝 웃으면서 다소 장난스럽게 경례를 받으면서 이야기했다.

"이야, 대통령상이 세긴 센가 봐. 벌써 인터넷에 사진 떴데?"

"다녀왔습니다."

최 반장은 싫지 않은 듯 만면에 미소를 한가득 지으면서 대답했다.

"상 받으니까 어때?"

"뭐, 별거 있나요."

말은 그렇게 했지만, 아직도 최 반장은 단상에서 느꼈던 희열을 잊을 수가 없었다. 큰 박수 소리, 상을 받을 때 번쩍이던 플래시. 그 모든 것이 자신을 위해 존재했다. 아마도 그 기억은 평생 잊을 수 없을 것이다.

서장은 축하한다는 말을 건네면서 다른 이야기도 했다. 사실 표창보다 최 반장이 더 기대하고 있는 이야기였다.

"잘하면 네 소원대로 하나 더 달고 본청으로 가겠더라."

서장은 최 반장의 어깨에 있는 계급장을 툭툭 건드리면서 말했다. 진급과 함께 요직으로 갈 수도 있다는 의미. 대통령 표창을 받아 더 좋아질 수 없을 것 같이 환하던 최 반장의 얼굴에 더욱더 환한 빛이 감돌았다.

"덕분이죠. 감사합니다."

서장 덕분이란 걸 잘 아는 최 반장은 감사하다는 인사를 했다. 사실 서장이 아니었다면, 본청으로 가는 건 생각지도 못했을 것이다. 그런 게 어디 실적만 잘 낸다고 되는 일이던 가. 다 밀어주는 사람이 있어야 가능한 거다.

"감사? 어이구, 이 능구렁이 같은 자식. 밀어달라고 은근히 협박할 땐 언제고…"

최 반장은 대답 대신 슬며시 웃었다. 서장은 그런 최 반장을 슬쩍 째려보았는데, 역시나 입가에는 미소가 번져 있었다. 동고동락한 게 벌써 몇 년이던가. 서장은 최 반장을 흐뭇한 표정으로 바라보면서 말을 이었다.

"하기야, 강력반만 십오 년째니 욕심낼 만하지!"

서장은 고개를 주억이며 이야기했다.

"이달 말에 심사란다. 티오가 세 개뿐이니 14기, 15기들이 피 터지는 거지. 현재까지는 네가 일등인가 본데, 잘 알지? 결승전 올라가면 어떻게 될지 모르는 거."

결승전이라고도 불리는 최종 심사. 승진이나 발령은 실적이나 평점만 가지고 결정되는 일이 아니다. 그것 말고 다른 힘이 움직이고, 그 힘까지 포함된 종합적으로 평가를 통해서 결정된다.

실력이나 점수 말고 다른 힘이 승진이나 인사 발령에 관여한다는 거야 어디 경찰에 국한된 일일까? 세상 어디나 다 마찬가지일 것이다. 그런 식으로 시스템이 돌아간다는 걸 최 반장이나 서장도 당연히 알고 있었다.

"지금이 너 최창식이 경찰 인생의 분기점이야. 제대로 된 코스를 타느냐 마느냐 하는 분기점. 그러니까 심사 끝날 때까지 쓸데없는 구설수에 휘말리지 않게 조심해."

서장은 이럴 때일수록 몸을 사려야 한다면서 누누이 강조했다. 되고 나서야 무슨 흠집이 있더라도 대충 무마시킬 수 있지만, 이런 시기에 사고가 터지면 치명적일 수밖에 없다. 서장은 나머지는 자신에게 맡기면 되니 사고 나지 않게 특별히 신경 쓰라고 말했다.

최 반장은 이런 식으로 로비하고 그러는 걸 좋아하지는 않았다. 시스템이 이런 식으로 돌아가는 것도 썩 내켜 하지는 않았고. 하지만 그렇다고 현실을 부정할 만큼 어리석지는 않았다. 그래서 서장에게 밀어달라고 부탁도 한 것 아니겠는가. 그는 장난스럽게 경례하면서 말했다.

"알겠습니다."

"그래. 그러면 나가서 일 봐."

최 반장은 자리에서 일어나서 밖으로 나왔다. 서장은 최 반장에게 있어서 듬직한 아군이었다. 어떻게 보면 피붙이만큼이나 가깝다고 할 수 있는 사이. 밀어주고 끌어주는 이해타산적인 관계이기도 했지만, 그것만으로 규정할 수 없는 끈끈한 사이였다.

"축하드려요!"
"축하합니다, 반장님!"
사람들이 최 반장을 보고는 모두 축하의 말을 건넸다. 다들 환하게 웃으면서 박수를 쳐주었다. 최 반장은 웃으면서 사람들의 열렬한 환호에 유쾌하게 답례했다.
"반장님 오십니다."
환호는 강력반 사무실에 들어왔을 때 절정에 달했다. 분위기가 워낙 뜨거워서 끌려와서 조사받던 놈들도 얼결에 동참했을 정도. 최 반장은 손을 들어 축하 인사에 일일이 답하면서 축하 분위기를 마음껏 즐겼다. 최 반장은 그렇게 사람들의 환호를 받으며 자기 방으로 들어갔다.

"흐음…"
방 안 책상 위에는 결제해야 할 사건 조서들과 수사 자료들이 쌓여있었다. 평소라면 한숨부터 나왔을 테지만, 오늘은 그런 서류조차 정겹게 느껴졌다. 평소에는 그렇게 보기 싫었던 서류들이 말이다.

하지만 언제까지 감상에 젖어 있을 수만은 없는 일. 처리해야 할 일이 산더미였다. 최 반장이 일을 시작하려는데 뒤따라 들어온 오 형사가 서류를 내밀었다.

"저기, 오시자마자 참 그런데, 장안동 김 사장 사건은 지금 바로 송치해야 하거든요."

"아, 그래?"

역시나 쉴 틈이 없다고 생각하면서 최 반장은 오 형사가 내민 조서를 받아서 쓱 훑어보았다. 그가 조서를 보는 동안 오 형사가 간단한 설명을 덧붙였다.

"접때 말씀드린 대로 조직 동원 폭행교사 혐의는 뺐습니다."

"잘했어. 작년에 박 형사 처남 취직도 주선했고…"

최 반장은 말꼬리를 늘이면서 고개를 끄덕거렸다.

"신세 진 게 있으면 답례 정도는 해야지."

최 반장은 그렇게 이야기하고는 조서에 사인했다. 그리고 고개를 들어 오 형사를 보면서 다시 조서를 건넸다.

"넘겨. 그 정도면 불만은 없을 테니까."

오 형사가 나가려는데, 최 반장은 마침 생각이 났다는 듯

그를 불러 세웠다. 그리고 서랍을 열어서 작은 박스를 꺼내
톡 던졌다.

"이게 뭡니까?"

오 형사가 받아서 열어 보니 상당히 많은 양의 상품권이
들어 있었다. 놀라는 오 형사를 보면서 최 반장은 별거 아니
라는 듯 말했다.

"김 사장이 몸이 달아서 보냈더라고. 팀원들하고 나눠 써."

"어이구, 이걸 다요? 이건 형님이 인사 받으신 거 아닙니
까?"

오 형사는 너무 많다고 이야기했는데, 최 반장은 그냥 가
지라고 가볍게 손짓했다.

"네 사건이잖아. 위에는 내가 알아서 할 테니 걱정 말고."

"아이고, 알겠습니다."

오 형사가 쑥스럽게 웃었다. 우직하고 사건 해결하는 데는
일가견이 있지만, 이런 걸 챙기는 데 익숙하지 못한 오 형사
다. 최 반장은 머뭇거리는 오 형사에게 나가보라고 했고, 오
형사는 쭈뼛거리며 밖으로 나갔다.

"이제는 저런 건 알아서 챙길 줄도 알아야 하는데…"

세상 살아가면서 돈 필요하지 않은 일이 어디 있겠는가.
윗자리로 올라가면 갈수록 알게 모르게 써야 할 데가 많이

생긴다. 최 반장은 잠시 오 형사가 나간 곳을 쳐다보다가 다시 서류를 보기 시작했다.

이제는 손에 익은 서류들. 최 반장은 빠르게 확인하고 사인하고, 확인하고 사인하고를 반복했다. 핵심만 짚어서 처리하면 되니 시간을 끌 이유가 없었다. 게다가 처리해야 할 서류가 어디 한두 개던가.

문학 서적을 읽는 것처럼 정독했다가는 밤을 새워도 일을 처리할 시간이 부족할 것이다. 그렇게 서류를 빠르게 처리하던 최 반장의 손이 갑자기 느려졌다. 그리고 하나의 서류를 상당히 꼼꼼하게 살폈다.

그렇게 서류를 살피던 최 반장, 그는 빙긋이 웃으면서 인터폰을 눌렀다.

"동재 좀 들어오라고 그래라."

그가 말을 하고 잠시 후, 곱상하게 생긴 차동재 형사가 후다닥 방으로 들어왔다.

"부르셨습니까?"

"동재, 머리 올렸네? 직접 취조하고 꾸민 거냐?"

머리를 올렸다는 건 처음으로 사건을 맡았다는 의미. 최 반장은 동재가 처음으로 작성한 조서를 흐뭇한 표정으로 보고 있는데, 동재는 숙제 검사 맡는 학생 모양으로 최 반장 옆에 서서는 말했다.

"네, 박 선배가 간단한 사건이라고 직접 해보라 그래서…"

"그래? 근데 어떡하냐. 빵점이다, 빵점. 이건 사건 조서가 아니라 무슨… 범인 두둔하는 변론서 같아."

최 반장은 고개를 저으면서 이야기했는데, 동재는 그런 최 반장의 눈치를 살피다가 용기를 내서 입을 열었다.

"그게 말입니다, 피해자 사망 시각이 약간 애매합니다. 동기도 부족하고, 직접적인 살인혐의를 적용하기는 좀…"

최 반장은 그런 동재가 밉지 않은 듯 물끄러미 보았다. 자신도 강력반에 처음 왔을 때는 동재와 비슷했다는 생각이 들어서였다.

'좋을 때지.'

최 반장도 신입 시절에는 혹시라도 놓친 게 있을까 싶어서 계속해서 사건을 살폈었다. 누구나 신입 시절에는 그러는 것 아닌가. 형사든, 회사의 신입 사원이든 간에 말이다. 동재도 분명히 놓치고 있는 게 있을 거라면서 더 조사해야 한다고 이야기했다. 억울한 피해자가 생기면 안 된다면서.

최 반장은 미소를 머금으면서 불쑥 질문했다.

"이 사건의 키워드가 뭔 것 같으냐?"

"예? 그게…"

동재는 갑작스러운 질문에 당황했는지 우물쭈물 거렸다. 최 반장은 동재의 대답을 기다리지 않고 바로 이야기했다.

"우발적 본능!"

그 말을 들은 동재는 입을 조금 씰룩거렸다. 무언가를 이야기하고 싶어 하는 듯했지만, 쉽게 입을 떼지는 못했다. 최 반장은 그런 동재에게 학생에게 설명하는 선생님처럼 차근차근 이야기했다.

"편의점을 털다 들킨 범인이 당황한 나머지 우발적으로 알바생을 찔러 죽인 사건이야."

"…"

동재는 여전히 말이 없었다.

"인간은 말이다, 누구나 극단적인 상황에 처하면 우발적인 행동을 하게 돼 있어. 자신의 뜻과는 상관없이 본능적으로 말이지."

최 반장은 동재의 표정을 살폈다. 이해가 잘 안 되는 것 같은 표정이었다.

'아직은 어떤 의미인지 피부에 와 닿지 않겠지.'

경험이란 게 그래서 중요한 거 아니겠는가. 이야기만 듣고도 다 알 수 있다면 못할 게 뭐가 있을까. 하지만 경험하지 않은 걸 듣거나 보기만 해서 깨닫는다는 건 불가능에 가까운 일이다. 최 반장은 좀 더 많은 사건을 겪어봐야 알 수 있으리라 생각하면서 말을 이었다.

"그리고 그 인간이 상황에 따라서 얼마나 더 악해질 수 있을까… 그걸 눈으로 직접 목격 하는 데가 바로 여기야."

동재는 여전히 혼란스러운 표정으로 최 반장의 이야기를 듣고만 있었다.

"이런 거 저런 거 따지면서 감정에 휩쓸리다 보면 이쪽 일 못 해. 감정은 최대한 배제하고 팩트만 봐. 냉정하게. 오케이?"

"네, 알겠습니다."

동재는 조금은 풀 죽은 표정으로 대답했고, 최 반장은 그런 동재를 흐뭇한 표정으로 쳐다보았다. 누가 봐도 애정을 가지고 있다고 생각할 법한 그런 표정으로. 최 반장은 분위기가 조금 딱딱해졌다고 여겼는지 농담을 툭 던졌다.

"야, 근데 말이다. 우리 마누라하고 아들놈은 어떻게 나보다 널 더 좋아하냐?"

동재는 잊고 있었다는 듯 무릎을 치면서 말했다.

"아! 명호랑 같이 자전거 타기로 했었는데… 다음 주에는 꼭 간다고 명호한테 전해주십시오."

최 반장은 빙글빙글 웃으면서 이야기했다.

"그거 말고, 우리 마누라가 예쁜 후배 소개한다는데… 만나 볼래?"

"네? 그게… 지금은 좀….'

동재는 머뭇거리면서 말을 잇지 못했다. 무척이나 쑥스러워하는 모습. 최 반장은 동재가 그럴수록 더욱 흐뭇한 표정을 지었다.

"짜식, 빼기는… 알았어. 생각 바뀌면 말해. 그리고 토요일엔 집에 와서 미역국 먹고 가.'

"네. 예?"

동재는 거의 반사적으로 대답했다가 놀라서 다시 물었다. 최 반장은 왜 놀라느냐는 듯 이야기했다.

"생일 맞지? 어차피 부모님한테도 못 내려갈 거 아냐 인마.'

최 반장은 씩 웃으면서 조서를 건네고는 동재의 엉덩이를 툭 쳤다.

"가서 일 봐.'

"네!"

동재는 감동한 표정으로 인사하고 밖으로 나갔다.

• • •

최 반장을 비롯한 강력반 형사들이 왁자지껄 이야기를 나누고 있었다. 노래주점 안이었는데, 제법 비싸 보이는 장소였다. 동재가 줄줄이 서 있는 양주잔을 하나 툭 치자 촤라라락 소리를 내면서 양주잔이 맥주잔 안으로 떨어졌다.

"자, 여기 있습니다."

동재는 폭탄주를 한 잔씩 줄줄이 대령했다. 술잔을 모두 받자 까불이 조 형사가 술잔을 들고 나서서 분위기를 잡았다.

"대한민국에서 최고로 잘 나가는 우리 대장님을 위하여!"

조 형사가 술잔을 높이 들면서 외치자 모두가 술잔을 들면서 외쳤다.

"위하여!"

모두가 단숨에 술잔을 비우고 한마디씩 던졌다.

"이야, 반장님 정말 축하합니다."

"아, 어디 그냥 상입니까? 대통령상 아닙니까. 대통령상."

"맞습니다, 이제 탄탄대롭니다. 탄탄대로."

팀원들은 마치 자신이 상을 받은 듯 기뻐했는데, 최 반장을 그런 분위기를 흐뭇하게 즐겼다. 그 모습을 보고 있던 오형사가 조 형사에게 턱짓을 하면서 슬쩍 운을 띄웠다.

"그거 드려야지."

"아, 맞다. 막내야!"

조 형사가 동재를 불렀다.

"예!"

동재는 무슨 말인지 알아듣고는 곧바로 조그만 선물 박스를 가져와 최 반장 앞에 내밀었다. 최 반장은 이게 뭐냐면서 박스를 열었는데, 그 안에는 반짝이는 금빛 넥타이핀이 들어 있었다.

최 반장은 놀라면서 팀원들의 얼굴을 쳐다보았는데, 오 형사가 조금은 쑥스러운 듯 입을 열었다.

"본청으로 가신다는 소문 돌던데, 이젠 잠바때기 대신 오늘처럼 양복 입으실 거 아닙니까. 그래서 팀원들이 다 같이 준비한 겁니다. 마음에 드십니까?"

최 반장은 뜻밖이라는 표정을 지어 보였다. 하지만 이런 의미 있는 선물을 받았는데, 기분이 안 좋을 리가 있겠는가. 최 반장은 그저 흐뭇한 표정으로 넥타이핀을 바라만 보고 있었는데, 오 형사가 동재에게 넌지시 눈치를 주면서 속삭였다.

"야, 해드려 봐."

"예!"

동재는 웃으면서 최 반장에게 넥타이핀 꽂아주었다. 최 반장은 무척이나 마음에 드는 듯 팀원들에게 보여주면서 물었다.

"어때? 쫌 있어 보이냐?"

최 반장의 질문에 다들 야단법석을 떨었다.

"죽입니다!"

"기가 막힌다 아입니까. 무지하게 폼 납니다!"

"경찰이 아니라 검사 같습니다!"

사람들은 기분이 들떠 큰 소리로 떠들었고, 최 반장도 분위기에 취해 크게 웃었다. 그러는 사이 동재는 다시 잔에 술을 채우고 사람들에게 돌렸다.

"자, 오늘은 마음껏 마시자."

술을 쭉 들이켜고는 이런 자리에 노래가 빠질 수 없다며 분위기 메이커인 조 형사가 리모컨을 꾹꾹 눌렀다. 팀원들은 최 반장을 중앙으로 끌고 나왔고, 흥겨운 반주에 맞춰 조 형사의 구성진 목소리가 방 안에 울려 퍼졌다.

"당신을 향한 나의 사랑은 무조건 무조건이야…"

팀원들이 따라 부르며 춤을 추었다. 최 반장은 물론이고 최고참인 오 형사부터 막내 동재까지, 모두가 분위기에 흠뻑 빠져들어 흥겹게 몸을 움직였다. 다들 즐겁고 희열에 찬 얼굴을 하고서.

술자리가 끝나고 최 반장과 팀원들은 밖으로 나왔는데, 밖은 노래주점 안과는 달리 무척이나 컴컴했다. 취기가 조금 오른 오 형사가 최 반장을 지그시 쳐다보면서 말했다.

"오늘 참 좋아 보이십니다, 대장님."

누가 해도 듣기 좋은 말이었겠지만, 사람들은 모두 오 형사의 말에서는 진심을 느꼈다. 우직한 오 형사의 뜨거운 마음이 짧은 말 몇 마디에 전달된 것이다. 동재는 오 형사의 말에 동의한다는 듯 최 반장에게 양손 엄지를 세웠다.

"어이구…"

최 반장은 흐뭇하게 웃으며 동재 엉덩이를 툭 쳤다. 그걸 본 조 형사가 장난스럽게 엉덩이를 들이밀더니 되지도 않는 애교 섞인 목소리로 말했다.

"대장님은 동재만 너무 이뻐하시는 거 아닙니까. 저두요."

"저두요."

박 형사까지 엉덩이를 들이밀면서 가세하자 최 반장은 웃음을 터트렸다.

"야, 인석들아. 저리 못 치워?"

최 반장이 장난스럽게 손을 들자 형사들이 엉덩이를 잽싸게 치웠다. 그들은 동재만 편애한다면서 투덜거렸는데, 얼굴에는 장난기가 가득했다. 최 반장도 그런 마음을 알고 장난스럽게 눈을 부라리다가 오 형사에게 말했다.

"그럼 먼저 간다."

"네, 어서 들어가십시오."

최 반장이 가겠다는 말이 떨어지기가 무섭게 동재가 택시를 잡았고, 최 반장은 그 택시에 올랐다.

"살펴 가세요."

"조심해 들어가십쇼."

최 반장을 향해서 팀원들이 일제히 인사했다. 최 반장은 택시가 출발하자 뒤를 슬쩍 보았는데, 형사들은 어깨동무를 하고는 뭐라고 시끌벅적하게 떠들면서 어디론가 걸어가기 시작했다. 아마도 2차라도 하러 가는 모양이었다.

"녀석들 하고는…"

최 반장은 몸을 돌리고는 기사에게 이야기했다.

"목동 7단지 갑시다."

최 반장은 피곤한 듯 목을 이리저리 돌리다가 뒷좌석에 비스듬히 몸을 기댔다. 그리고 휴대전화를 꺼내 전화를 걸었다.

"어, 아들! 아빠야. 어… 그럼, 아빠가 대한민국 최고 경찰이지!"

최 반장은 너털웃음을 터트렸다.

"그럼… 그래. 조금 있다 봐."

그는 휴대전화에 대고 엄마 바꾸라고 이야기를 했고, 잠시 기다리다가 통화를 이어나갔다.

"어, 지금 끝났어. 그래… 어… 아, 이게 다 당신을 사모님으로 만들어 줄라 그러는 거지.

3년 뒤에 서장 사모님, 5년 뒤에는… 어허, 원래 사나이는 야망이 커야 하는 거야."

최 반장은 손가락으로 허공을 가리키면서 이야기했다. 마치 자신이 앞으로 향할 곳은 저 위쪽이라는 듯이.

"크크… 알았어. 어… 그래, 금방 갈게."

최 반장은 흐뭇한 표정을 한 채 전화를 끊었다. 지금처럼만 일이 잘 풀린다면야 걱정할 게 무엇이 있을까. 최 반장은 모든 것이 만족스럽다는 표정을 한 채, 머리를 기대고 잠시 눈을 감았다.

술이 약한 편은 아니었고 오늘 많이 마신 것도 아니었지만, 일이 많아서인지 무척 피곤하게 느껴졌다. 그래서인지 눈을 감자마자 이내 잠에 빠져들었다.

얼마 후 문득 눈을 뜬 최 반장이 어디쯤 왔나 창밖을 바라보았다. 얼마나 잤는지는 모르겠지만, 상당히 시간이 흐른 것 같아서 거의 집 근처가 아닐까 하는 생각을 했다. 그런데 흐릿하게 스쳐 가는 창밖의 풍경은 낯설기만 했다.

"으음?"

최 반장은 눈을 비비고 다시 창밖을 쳐다보았다. 하지만 아무리 보아도 집 근처라고는 볼 수 없었다. 최 반장은 택시기사가 목적지를 잘못 알아듣고 엉뚱한 곳으로 가고 있는 게 아닌가 생각했다. 그래서 최 반장은 창밖을 유심히 보다가 기사에게 말했다.

"아저씨, 여기 어딥니까? 목동 가자고 그랬는데…"

하지만 기사는 아무런 대답 없이 오히려 속도를 높였다. 이상하게 생각한 최 반장은 몸을 일으키고는 정색하면서 다시 말했다.

"이봐요, 목동 7단지 가자고!"

하지만 택시기사는 여전히 묵묵부답이었다. 답답한 마음에 뭐라고 한마디 쏘아붙이려던 최 반장은 갑작스레 속도를 올리는 택시기사의 얼굴을 보고는 그대로 굳어버렸다. 룸미러로 보이는 택시기사의 얼굴이 묘하게 웃고 있었기 때문이었다.

아주 기분 나쁜 웃음. 마치 최 반장을 조롱하는 것 같은 비웃음으로 느껴졌다. 최 반장의 꼿꼿하게 펴진 등을 타고 한기가 흘러내렸다. 찬물을 한 바가지 뒤집어쓴 것 같은 느낌. 최 반장은 심장이 세차게 쿵쾅거리는 걸 느꼈다.

점점 더 인적 드문 교외를 향하는 차량에 정신이 번쩍 든 최 반장은 잔뜩 목에 힘을 주고는 기사에게 경고했다.

"차 세워요! 나 경찰이야!"

하지만 날이 선 경고에도 여전히 대답도 없는 기사는 차를 세울 생각이 전혀 없어 보였다. 이제는 슬슬 형체를 갖추어 가는 긴장감에 최 반장은 버럭 소리를 질렀다.

"이봐! 차 세우라고!"

사나운 고함 소리에 기사가 처음으로 입을 열었다.

"아, 씨발 짭새. 졸라 쩩쩩대네…"

나직한 택시기사의 말에 최 반장은 무언가 잘못되고 있다는 걸 깨달았다. 그는 본능적으로 주변을 살폈는데, 차량은 이제 시외를 벗어나 가로등조차 보이지 않는 야산에 들어서고 있었다. 사태가 심상치 않게 돌아가자 최 반장은 뒷좌석에서 몸을 일으켜 기사를 저지했다.

"야, 멈춰!"

머리를 잡아 흔들어도 보고 핸들을 잡고 있던 손을 밀쳐보기도 했지만, 기사의 힘이 어찌나 센지 애꿎은 택시만 이리저리 방향을 잃고 머리를 꺾어댔다. 차량이 흔들리는 바람에 중심을 잃고 뒷좌석에 널브러졌던 최 반장은 다시 몸을 일으켜 기사를 붙잡았다.

하지만 그럴수록 택시만 더욱 위태롭게 흔들려댈 뿐 도무지 속도가 줄 기미가 보이지 않았다. 그렇게 한참을 위험한 몸싸움을 하다 보니 차량의 속도가 조금씩 줄기 시작했다.

결국, 한참 만에야 멈춰 선 차량은 무겁고 짙은 어둠이 깔린 야산의 공터에 도달해 있었다. 차가 멈춰 서기 무섭게 문을 열고 뛰어내린 기사를 본 최 반장이 다급하게 따라 몸을 날렸다.

"아니, 지금 이게 뭐하는…"

최 반장은 기사에게 항의하려고 했지만, 말을 마치지 못했다. 미처 이곳이 어딘지를 파악하기도 전에 자신을 향해 기사가 달려들었기 때문이었다. 달려드는 기사를 보고 최 반장은 놀라서 뒷걸음쳤는데, 처음으로 기사의 얼굴을 똑바로 볼 수 있었다.

헤드라이트의 강렬한 불빛에 반쯤 가려진 기사의 얼굴은 완전히 맛이 가 있었다. 약에 취한 듯 초점조차 잡히지 않은 몽롱한 눈동자가 기묘한 광기로 번들거리는 것이 도무지 정상으로 보이지 않았다. 게다가 손에 움켜쥔 무언가가 불빛을 받아 시퍼렇게 번뜩이고 있었다.

"이봐, 왜 이래? 나 경찰이라고 말했지? 일단 진정하고 칼

내려놔!"

날을 번뜩이는 단검을 보고는 최 반장은 뒷걸음질 치면서도 경고를 잊지 않았다. 하지만 기사는 최 반장의 고함은 안중에도 없는지, 대뜸 칼을 내밀며 달려들었다.

급소를 노리고 찌르는 단검의 방향을 가늠해 몸을 날린 최 반장. 하지만 기사가 바로 바짝 따라붙었다. 이번에는 피하는 것이 여의치 않았는지 최 반장은 단검을 쥔 기사의 손을 밀어냈다. 그리고 어떻게든 제압을 하려고 했지만, 쉽지 않았다. 기사가 워낙 포악하고 날렵해서 공격을 피하는 것만으로도 버거웠다.

"너 누구야? 대체 왜 이래?"

다시금 단검을 피해내며 최 반장이 버럭 소리를 질렀는데, 기사는 아랑곳하지 않고 불쑥 칼을 찔러왔다. 양손으로 단검을 쥔 손을 움켜쥔 최 반장이 다시 소리를 지르니 기사가 시끄럽다는 듯이 인상을 찌푸리며 대꾸했다.

"아, 그 새끼 말 많네… 가르쳐줄까? 네가 왜 죽어야 하는지?"

기사는 최 반장이 떠들어대는 소리를 듣는 것보다 자신이 말하는 것을 택한 모양이었다. 쉬지 않고 단검을 찌르고 베고 찍어대며 말을 이어갔다.

"지난번에 중국서 잡아온 김택호 사장, 돈 받아 처먹고 그냥 풀어줬지?"

칼을 피하느라 온통 정신을 집중하고 있던 최 반장도 이번에는 놀라고 말았다. 경찰서 안에서도 일부만 알고 있는 사실을 택시기사가 어떻게 알고 있단 말인가? 하지만 놀랄 틈도 없었다. 깜짝 놀라 잠시 몸이 굳은 사이에 다시 칼이 날아들었다.

"더 말해줄까? 유진건설 박평식이, 조남호, 강남 룸살롱 이명천이… 아, 이명천이한테 받은 돈은 윗놈들이랑 뿜빠이도 안 하고 너 혼자 꿀꺽 했지? 에이, 더러운 새끼…"

아예 작정했는지 기사는 쉴 새 없이 칼을 찔러대면서도 말을 멈추지 않았다. 정신이 없는 와중에도 혼란스러운 마음을 다스릴 수가 없던 최 반장이 더듬거리며 물었다.

"이, 이명천이가 보낸 거냐? 그놈이 나 협박하라디?"

기사는 최 반장의 말에 시큰둥하게 대꾸했다.

"네가 돈을 먹던, 엿을 먹던, 나는 아무 관심 없거든. 근데! 옛날 일은 왜 다시 들춰내서 사람을 곤란하게 만들고 지랄이야?"

생각지도 못한 사내의 말에 최 반장은 가뜩이나 혼란스러운 머리가 더욱 복잡해지고 말았다.

'옛날 일?'

하지만 생각을 정리할 겨를이 없었다. 시퍼런 날을 번뜩이며 날아드는 칼을 피하는 것도 버거웠으니까. 필사적으로 이리저리 몸을 피해대던 최 반장은 빈틈을 노려 발길질을 했다.

뻑 하는 소리와 함께 발끝에 묵직한 감촉이 전해져 왔지만, 기사는 물러서기는커녕 도리어 더욱 저돌적으로 달려들었다. 약에 취해 맞아도 아픈 걸 느끼지 못하는지, 앞뒤 없이 달려드는 모습이 정말 위협적이었다. 어지간한 청년쯤은 제압할 수 있다고 자신하는 최 반장이었지만, 택시기사의 막무가내식 공격에는 방법이 없었다.

그나마 틈을 노린 최 반장이 날랜 발차기로 기사의 손목을 쳐낼 수 있었고, 그 바람에 이제껏 허공에서 춤을 추던 단검이 땅바닥을 굴렀다. 최 반장은 기사가 다시 단검을 쥐기 전에 땅바닥을 굴러가며 단검을 집어 들려는데 순간 등 뒤로 섬뜩한 느낌이 들었다.

본능적으로 허리를 비튼 최 반장의 눈앞을 스쳐 가는 묵직한 돌덩이. 퍽 하고 땅바닥을 찍는 소리에 최 반장은 온몸에 소름이 쫙 돋았다. 그의 눈에 보인 것은 광기에 사로잡혀 눈알이 번들거리는 기사가 묵직한 돌덩이를 들고 있는 모습.

최 반장은 이를 악물었다.

"이런, 미친 새끼."

최 반장은 몸을 데굴데굴 굴렸다. 일단은 저 미친놈에게서 떨어져야겠다는 생각에서였다. 그는 차 근처에서 후다닥 몸을 일으켰는데, 언제 다시 칼을 주운 것인지 기사는 이미 칼을 쥐고 최 반장에게 다가오고 있었다. 온몸으로 살기를 내뿜으면서.

"네가 죽어야 내가 살거든! 이게 다 자업자득이야. 이 나쁜 놈아, 죽어!"

다시 소리를 지르면서 달려드는 기사의 육탄공격. 결국, 최 반장은 바닥을 뒹굴며 몸싸움을 해야 했다. 목이며 가슴을 노리고 찍어대는 칼을 이리저리 피해대던 그는 기사의 손목을 붙잡고 있는 힘을 쏟아 부었다.

온몸을 뒤엉키며 서로의 팔이 교차했다. 거친 숨소리, 번득이는 칼날. 자동차 헤드라이트만이 불을 밝히고 있는 곳에서 둘은 미친 사람들처럼 몸이 뒤섞인 채 안간힘을 썼다. 몇 차례 서로의 몸이 한데 엉긴 채 굴렀는데, 마침내 기사가 위를 차지하고 최 반장의 목을 눌렀다.

최 반장은 기사의 손아귀에서 벗어나려고 악을 쓰면서 몸

을 뒤틀었다. 발버둥을 치면서 어떻게든 기사의 손에서 벗어
나려고 애를 쓰던 어느 순간, 그렇게 법석을 떨면서 사납게
달려들던 기사가 갑작스레 동작을 멈췄다.

"컥…"

가래가 끓는 듯한 신음 소리와 함께 와락 피가 쏟아졌다.
깜짝 놀란 최 반장은 어찌 된 영문인지 몰라 당황했다.

"죽어…"

그 사이에 악귀처럼 얼굴을 일그러트린 기사가 최 반장의
목을 조르기 시작했다. 하지만 그저 마지막 발악에 불과했
는지 기사는 얼마 가지 않아 허물어지고 말았다.

퍽 하는 소리와 함께 자신의 곁으로 엎어지듯 얼굴을 처
박은 기사를 보며 최 반장은 반사적으로 몸을 일으켰다. 그
리고 엉금엉금 기어서 기사에게서 떨어졌다. 자동차의 헤드
라이트를 받으면서 누워 있는 기사. 최 반장은 뒤늦게 손잡
이만 남기고 기사의 가슴을 파고든 단검을 보았다.

멍했다. 그냥 멍해서 아무런 생각도 나지 않았다. 최 반장
은 잠깐 정신이 나간 사람처럼 가만히 있다가 조심스럽게 기
사에게 다가갔다.

"이봐요, 이봐!" 최 반장은 시체를 조심스럽게 흔들었다.
미동도 하지 않는 기사. 죽음이라는 두 글자가 최 반장의 머

리에 떠올랐다. 목에 손을 가져가 댔지만, 맥박이 느껴지지 않았다. 분명 죽었다.

넋이 나간 표정으로 기사를 보고 있던 최 반장은 숨을 거칠게 내쉬면서 주변을 서성거렸다. 뭘 어떻게 해야 할지 몰라 그저 우왕좌왕하는 게 전부였다. 초조하게 몸을 움직이던 그는 결국 휴대전화를 꺼냈다.

1. 1. 2. 번호를 찍고 통화 버튼에 손가락을 옮겼다.

"…"

손가락이 미미하게 떨렸다. 최 반장은 통화 버튼을 누르지는 못하고 계속 머뭇거렸다. 신고하게 되면 어떻게 되는지 자꾸만 머릿속에 떠올랐기 때문이었다.

'내가 살인을…'

수많은 생각이 머리를 스치고 지나갔다. 아주 짧은 시간이었지만, 엄청나게 많은 생각과 고민, 두려움, 혼란, 망설임 같은 감정들이 한데 뒤엉켜 최 반장의 머릿속을 혼란스럽게 했다.

그때 갑자기 손에 든 전화기가 울렸다. 화들짝 놀라서 보니 액정에 표시된 서장이라는 글자. 최 반장은 잠시 주저하다가 결국 전화를 받았다.

"…네, 서장님…"

휴대전화 너머에서는 술에 잔뜩 취한 서장의 들뜬 목소리가 들렸다.

"어이, 최창식이! 내가 지금 누구하고 있는지 아냐? 6기 박준철 치안감님 알지? 본청 인사 국장!"

"…네, 압니다…"

서장은 기분이 좋은 듯 큰 소리로 떠들었다.

"내가 지금 이놈아, 국장님한테 네 진급 로비하고 있다. 좋냐?"

"…아, 네…"

"내가 오늘 국장님한테 확실히 푸시 했으니까, 차분히 기다리면 돼. 앞으로 최창식이 세상이 많이 달라질 거다."

전화기 너머로 와자지껄한 가운데 여자 목소리도 들렸다.

"일도 달라지고, 만나는 사람도 달라지고, 급이 달라진다니까 급이! 그 다음엔 우리끼리 밀고 당기면서, 그냥 쭉 가는 거야! 오케이?"

"…네, 서장님…."

힘없이 대답했다. 지금까지 그런 걸 꿈꾸어왔다. 그리고 곧 그것이 자신의 손에 잡힐 줄 알았다. 조금 전까지만 해도, 바로 몇 시간 전까지만 해도. 하지만 지금은 모든 게 혼란스러웠다. 뭘 어떻게 해야 할지도 알 수 없었다.

룸살롱인 듯 여자들 웃음소리가 노래와 뒤섞여서 나다가 전화가 끊어졌다. 치안감이 부르기라도 한 모양이었다. 얼떨결에 통화를 했지만, 최 반장은 여전히 혼란스러웠다. 최 반장은 죽어있는 기사와 전화기를 번갈아 바라보았다.

'어떻게 하지?'

다시 시작된 갈등. 최 반장은 불현듯 주위를 둘러보았다. 멀리 도심의 불빛만 보이는 아무도 없는 산중. 어두운 밤. 짙은 어둠이 모든 걸 가리고 있었다.

순간, 마음의 결정을 내린 최 반장은 휴대전화를 다시 주머니에 집어넣었다. 아주 냉정하고 싸늘한 표정을 한 채. 최 반장은 일단 기사의 주머니를 뒤져 신분을 확인할 게 없는지 찾기 시작했다.

아무것도 없었다. 혹시나 자신이 놓친 게 있나 싶어서 다시 뒤졌지만, 아무것도 나오지 않았다. 몸에서 아무것도 나오지 않자 이번에는 시신 주위를 꼼꼼하게 살폈다. 그리고 단서가 될 만한 것들은 모두 모아서 제거했다.

손수건을 꺼냈다. 시신의 가슴에 박힌 칼의 지문을 닦아내기 위해서. 칼의 손잡이를 손수건으로 조심스럽게 닦아내다가 최 반장은 흠칫 놀라 뒤를 돌아다보았다. 무슨 소리가 난 것 같아서였다.

하지만 지나가는 차도 없는 야산 중턱. 이리저리 둘러보았지만, 들짐승조차 보이지 않았다. 별로 움직인 것도 없는데 최 반장의 호흡은 무척이나 가빴다.

"후우, 후우…"

숨을 거칠게 내쉬면서 최 반장은 차를 향해 걸어갔다. 택시의 대시보드를 열어서 청테이프를 찾은 최 반장은 테이프를 말아서 곳곳의 지문과 흔적들을 꼼꼼히 지웠다.

자신이 앉았던 자동차의 뒷좌석, 자동차의 손잡이, 그리고 자신의 흔적이 조금이라도 남아있을 법한 곳은 모두 청테이프를 사용했다. 그 작업을 하면서 최 반장은 수시로 주변을 둘러보았다.

냉정하고 차분하려 노력하지만, 도저히 그럴 수 없는 상황. 초조와 불안이 수시로 엄습했다. 아무것도 없다는 걸 뻔히 알면서도 자꾸만 주변을 확인했다. 그래도 부지런히 시신 주위와 택시를 오가며 모든 증거를 지웠다.

확인에 확인을 거듭하고는 한숨 돌린 최 반장은 조금 떨어진 곳에서 물끄러미 시체와 자동차를 쳐다보았다. 지금 이 상황이 믿기지 않는다는 표정으로.

그 순간 바람이 휙 불어 스스슥 하고 풀들이 흔들리자 최 반장은 제풀에 놀라서 주변을 둘러보았다. 미치도록 가슴이 떨리고 긴장감이 심장을 옥죄어 왔다. 이곳에 더 있다가는 미쳐버릴 것 같은 심정.

　최 반장은 모든 걸 마무리하고는 서서히 뒷걸음질 쳤다. 그리고 점점 빨리 산길을 내려가기 시작했다. 그의 모습은 이내 어둠 속으로 사라졌는데, 최 반장이 사라진 공터에는 덩그러니 시신과 택시만 남아있었다.

　무섭도록 진한 어둠에 사방이 묻혀 있었다. 저 멀리 보이는 도시의 불빛과 자동차 헤드라이트가 비치고 있는 시체를 제외하고.

시체

이른 아침. 출근 시간이기는 했지만, 아직은 이른 시간이라서 그런지 거리에는 사람들이 간간이 보이는 정도였다. 다들 앞만 보면서 자신의 갈 길을 향해 걸어가는 사람들. 하지만 가끔은 아침의 맑은 공기를 마시면서 하늘을 바라보는 사람도 있는 법이다.

"저, 저…"

손가락으로 허공을 가리키면서 말을 더듬고 있는 여자도 그랬다. 아침 공기의 상쾌함을 만끽하면서 맑은 하늘을 바라보았다. 하지만 평소와는 다른 것이 그녀의 눈에 들어왔다. 무언가가 허공에 있었다.

처음에는 자신이 잘못 본 것인 줄 알았다. 그래서 눈가를 찌푸리면서 살폈는데 잘못 본 게 아니었다. 사람으로 보이는 물체가 허공에 대롱대롱 매달려 있었던 것이다.

"시체, 시체…"

몇 번이나 눈을 비벼대던 여자가 이윽고 허공에 매달린 물체의 정체를 깨닫고는 창백하게 질려버렸다. 마치 귀신이라도 본 것 같은 얼굴을 한 그녀는 당장이라도 비명을 토해낼 것 같은 얼굴로 손가락을 번쩍 치켜들었다.

주변을 지나다니던 사람들의 시선이 자연스럽게 그녀의 손끝에서, 다시 저 허공을 향했다. 때늦은 비명이 터져 나오고 사람들이 길가의 공사장에 세워진 타워크레인에 매달린 시체를 보고는 너도나도 비명을 질러댔다.

"아니, 뭐야?"

"저거 시체 아냐?"

사람들은 너도나도 시체를 가리키면서 웅성대기 시작했다. 공사장은 경찰서와 무척이나 가까워서 타워크레인에서 보면 경찰서의 전경이 바로 보였다. 시체는 마치 계절에 맞지 않는 크리스마스 장식처럼 크레인 끝에 매달려 경찰서를 내려다보고 있었다.

   • • •

   전화기가 울리는 소리가 요란하게 들렸다. 하지만 최 반장은 멍하게 자리에 누워 있었다. 마치 넋이 나간 사람처럼.

   당연한 일이다. 뜬눈으로 밤을 새웠으니, 그리고 그런 일을 겪었으니 멀쩡하다면 오히려 그게 더 이상한 일일 것이다. 퀭한 눈으로 허공을 바라보던 최 반장은 무의식중에 목을 쓰다듬었다.

   까칠한 밴드의 감촉. 손끝에서 느껴지는 그 감촉은 전날 있었던 일이 악몽이나 상상이 아니라는 걸 증명해주고 있었다. 최 반장은 손끝으로 느껴지는 까칠한 밴드의 감촉이 기이할 정도로 차갑다고 생각되었다.

   최 반장이 그런 생각을 하는 내내 요란하게 울리던 전화벨 소리가 갑자기 뚝 끊기더니 잠시 후 최 반장의 아내가 전화기를 들고 방으로 들어왔다. 그 뒤로 최 반장의 아들 명호가 졸졸 따라 들어왔다. 한 열 살쯤 되었을까? 명호가 엄마의 치맛자락을 잡으면서 말했다.

   "동재 삼촌이면 나 먼저 바꿔줘 엄마."

   "얘는…"

   최 반장의 아내는 명호에게 가만히 있으라고 눈치를 주었다. 아이는 살짝 삐친 표정을 지었는데, 오히려 아내의 눈총만 받았다. 아내는 침대에 누워있는 최 반장을 보면서 이야기했다.

"아니, 평생 안 그러던 사람이 왜 그래요? 누워서 꼼짝을 않고… 목에 상처도 그렇고…"

그녀는 걱정스럽다는 표정으로 잠시 남편을 쳐다보더니 손에 든 전화기를 건넸다.

"차 형사 전화에요. 급한 일인가 봐요."

최 반장은 여전히 멍한 표정으로 전화를 받았다.

"어, 동재야."

처음 목소리에는 힘이 하나도 없었다. 그리고 초점 없는 눈동자로 허공을 보고 있었고, 하지만 전화를 받고 조금 지나자 최 반장의 눈빛이 달라졌다. 그리고 시간이 지날수록 눈매가 매서워졌다. 표정도 서서히 굳었다. 살인 사건이라는 이야기를 들었기 때문이었다.

"그래 알았다. 지금 바로 나갈게."

최 반장은 지금과는 다른 날 선 목소리로 대답하고는 자리에서 일어섰다. 그리고 옷을 걸치고 후다닥 밖으로 나갔다.

잠시 후, 최 반장이 경찰차를 타고 도착했을 때 현장은 이미 사람들로 북적이고 있었다. 수많은 경찰차와 형사들, 그리고 장비를 가지고 이리저리 움직이고 있는 CSI 요원들이 곳곳에 보였다.

폴리스 라인 밖에는 수많은 방송 기자들과 구경꾼들이 기웃거리고 있었는데, 그들은 술렁이면서 무언가 이야기를 나누고 있었다. 당연한 일 아니겠는가. 크레인에 시체가 걸렸으니 말이다.

차에서 사람들의 반응을 본 최 반장은 앞으로 꽤 시끄러워질 것 같다는 생각을 했다. 시끄러워진다는 건 여러모로 불편한 일이다. 세간의 이목이 쏠릴수록 수사에 가해지는 압력도 강해지니까.

최 반장이 그런 생각을 하는 사이, 경찰차는 사람들 사이를 비집고 들어와 정차했다. 최 반장은 웅성거리는 사람들을 뒤로 하고 현장으로 바로 향했고, 먼저 와있던 오 형사가 최 반장을 보더니 달려왔다.

"시체가 사람들이 다 볼 수 있게 크레인에 매달려 있던 상태라… 순식간에 퍼져버렸습니다. 어떻게 막을 수가 없는 상황이라서…"

오 형사는 최 반장을 현장으로 안내하며 말했다. 이야기를 들은 최 반장은 고개를 끄덕였다. 하기야 사람들이 전부 핸드폰으로 사진을 찍어서 퍼트렸을 텐데 어떻게 막을 수가 있겠는가? 모르긴 해도 아마 지금 대한민국 사람의 절반쯤 은 이 사건을 알고 있을 것이다.

"피살자는?"

"사십 대 전후의 남잡니다."

폴리스 라인에서 시체가 있는 곳까지는 그리 멀지 않았다. 몇 발자국 걸은 것 같지도 않은데 벌써 시체가 있는 곳에 도 착했다. 시체가 있는 곳은 크레인 바로 아래였는데, 시체는 흰 시트에 덮여 있었다.

"오셨습니까?"

먼저 와있던 팀원들이 최 반장을 보고는 인사했고, 최 반 장도 가볍게 손을 들었다. 그는 팀원들의 어깨를 툭툭 건드 리면서 시체 앞까지 걸어가서는 시트를 조금 벗겼다.

'덜컥!'

최 반장은 순간적으로 심장이 내려앉는 것 같은 기분이 들었다. 지금까지 이런 기분을 느껴본 적이 있나 싶을 정도 로 강렬한 느낌이었다. 갑자기 어둡고 깊은 구멍 속으로 쑥 떨어지는 그런 느낌.

최 반장은 순간적으로 멈칫했다. 그의 뒷골을 따라 소름이 쫙 돌았다. 마치 한겨울 꽁꽁 언 호수에 내동댕이쳐진 것처럼 온몸이 차갑게 식었다.

'택시 기사! 그 시체가 왜 여기에?'

최 반장은 혼란스러웠다. 당황, 그 단어로는 지금 자신이 겪고 있는 감정을 설명할 수 없을 것 같았다. 하지만 자신이 너무 성급하게 구는 게 아닌가 하는 생각이 들었다.

'아닐 수도 있어. 얼굴을 전부 본 것도 아니잖아.'

게다가 자세히 본 것도 아니었다. 얼굴의 반쪽 정도만 살짝 본 거였다. 그래서 최 반장은 자신이 과민반응을 보이는 게 아닌가 생각하면서 심호흡을 했다. 어제 사건 때문에 신경이 날카로워져서 그런 것이리라. 야산 중턱에 있어야 할 시체가 설마하니 여기에 있을 리가 있겠는가? 그렇게 생각하면서 시트를 조금 더 들추었다.

공포영화에서 가장 심장이 두근거리고 공포가 몸을 쥐어짜는 것 같을 때가 언제일까? 공포의 대상을 확인하기 직전이다. 지금 나올까? 어떤 모습일까? 온갖 상상이 자신을 스스로 옭아매면서 공포의 심연으로 끌어들이는 것이다.

최 반장도 비슷한 경험을 하고 있다. 시트를 조금 벗기고 자신이 죽인 사람이 아닌가 하는 생각이 들었을 때는 심장이 미친 듯이 펄떡거렸다. 마치 목구멍에서 심장이 뛰는 것 같은 느낌. 그리고 누군가가 심장을 손으로 쥐어짜는 것 같은 그런 느낌이 들었다.

최 반장은 손이 살짝 떨리는 걸 느꼈다. 하지만 시트를 걷는 걸 멈출 수는 없었다. 확실하게 확인을 해야 하니까. 보고 싶지 않다는 감정과 확인해야 한다는 생각. 두 가지 상충하는 마음이 격렬하게 부딪쳤다.

그리고 그 충돌은 최 반장의 얼굴에 어렴풋이 드러났다. 드러내지 않으려고 무던히 애를 썼지만, 너무나도 강렬한 감정이라서 모두 감추는 건 불가능했다. 최 반장은 그런 미묘한 떨림이 있는 얼굴을 하고서 조심스럽게 시트를 벗겼다.

분명히 확인할 수 있었다. 지금 여기 누워있는 시체가 바로 어제 자신이 죽인 사람이라는 사실을. 최 반장은 그 사실을 확인하자 오히려 떨림이 잦아드는 걸 느꼈다.

시체를 확인하고 나자 오히려 빠르게 안정을 되찾게 되는 기이한 경험을 하면서 최 반장은 얼굴을 덮은 시트를 모두 벗겼다. 거기에는 아주 익숙한 얼굴이 있었다. 택시기사! 최 반장은 딱딱하게 굳은 얼굴로 시체의 얼굴을 쳐다보았다.

가슴에 칼이 박힌 그 모습 그대로, 틀림없는 그 사람이었다. 최 반장은 티를 내지 않으려 애썼지만, 그건 애초에 불가능한 일이었다. 바로 곁에 있어서 최 반장이 조금 이상하다는 걸 느낀 오 형사가 물었다.

"아는 사람이에요?"

"아니…"

아무렇지도 않은 척 대답하려고 했지만, 아주 어색하고 이상한 말투였다. 다행스러운 것은 질문을 한 오 형사도 크게 이상하다고 생각하지 않았다는 점이었다. 최 반장은 딱딱하게 굳은 표정을 슬며시 고치면서 애써 태연한 척했다. 하지만 흔들리는 눈동자, 긴장한 얼굴.

그는 그런 자신의 모습을 들키지 않으려는 듯 대충 얼버무리며 화제를 돌렸다.

"현장에 뭐 특이한 점은 없었고?"

"사건 자체가 이미 특이한데요 뭐. 어떤 놈인지 참… 사방에서 난립니다. 지금…"

오 형사는 고개를 절레절레 흔들었다. 그냥 살인 사건이라면 이렇게까지 시끄럽겠는가? 타워크레인에 시체가 매달려 있는 엽기적인 살인 사건이니 이런 난리가 나는 것이다. 오형사는 미쳐도 보통 미친놈이 아닐 것이라며 투덜거렸다.

그러다 최 반장의 목에 반창고가 붙어있는 것을 발견하고는 물었다.

"대장님, 근데 목은 왜 그러세요?"

"어, 좀… 긁혔어."

최 반장은 이번에도 아무렇지도 않다는 듯이 대답했다. 하지만 자신을 믿고 따르는 오 형사라고 할지라도 목에 난 상처를 알아챈 건 달갑지 않은 일이었다. 마치 그 상처가 어디서 난 것인지 말을 해보라고 재촉하는 듯한 기분이 들었다.

그런 불편한 심기의 최 반장을 구원해준 것은 정밀 감식요원들이었다.

"죄송합니다. 조사를 해야 해서…"

흰옷에 마스크를 쓰고 다가온 정밀 감식요원들이 양해를 구했다. 최 반장은 남몰래 한숨을 내쉬었다. 시체가 있는 이 장소에 있다는 사실 자체가 너무나도 불편했는데, 어떤 행동을 취하기가 아주 어려웠기 때문이었다.

시체로부터 떨어지고 싶었지만, 다짜고짜 벗어날 수는 없는 일 아닌가? 하지만 감식요원들 덕분에 자연스럽게 이곳에서 벗어날 구실이 생겼다. 최 반장은 최대한 자연스럽게 시체에서 떨어졌다. 사람들이 시체 주변에서 물러나자 요원들은 곧바로 시신 주위에 모여서 작업을 시작했다.

최 반장은 현장을 둘러보는 척하면서 조금 더 시체에서

떨어졌다. 그리고 주변을 두리번거렸다. 하지만 그의 시선은 어쩔 수 없이 요원들에게로 향했다.

공사장 주변으로 시선이 갔다가도 곧바로 시체의 구석구석을 살피는 요원들에게로 고개가 돌아갔다. 그리고 그 시선은 시체와 요원들에게서 떨어질 줄 몰랐다. 시체의 곳곳을 조사하는 것이 마치 자신을 더듬는 것 같은 기분이 들었기 때문이었다.

눈을 떼지 못하고 잔뜩 긴장한 채 작업하는 걸 바라보던 최 반장은 요원들이 가슴에 꽂힌 단검 쪽으로 향하자 바짝 긴장되는 걸 느꼈다.

지난밤에 자신이 지문을 닦아내던 바로 그 단검. 요원들은 그 단검의 손잡이에 테이프를 붙였다 떼어냈다. 지문 감식을 하는 과정. 최 반장은 그 과정을 보고 있자니 저절로 마른 침을 삼키게 되었다.

잘 닦아내서 아무것도 나오지 않을 것이다. 그렇게 굳게 믿고 있었고, 당연히 그럴 것이다. 자신이 손수건으로 여러 차례 닦았으니까. 하지만 긴장감이 벌레처럼 온몸을 스멀스멀 기어 다녔다.

그대로 가만히 있다가는 미쳐버릴 것 같았다. 도저히 참을 수 없게 된 최 반장은 모든 걸 떨쳐버리려는 듯 소리쳤다.

"머리카락 하나도 빠트리지 말고, 단서가 될 만한 건 모조리 찾아내!"

최 반장의 외침에 팀원들이 더욱 바쁘게 움직이기 시작했다. 하지만 최 반장의 시선은 여전히 시체에서 떨어질 줄을 몰랐다.

• • •

경찰서 서장실의 분위기는 삭막했다. 이 방의 주인인 서장의 심기가 극도로 불편했으니 분위기가 좋을 리가 있을까? 사람들은 서장의 눈치를 살피면서 아무런 소리도 내지 못하고 TV 화면만 보고 있었다.

"엽기적인 살인 사건이…"

TV에서는 타워크레인에 걸린 시체 이야기가 나오고 있었다. 사람들은 방송국에서는 신이 날 만한 일이라고 생각했다. 얼마나 자극적이고 흥미로운 사건인가. 이런 사건을 방송국이나 언론에서 놓칠 리가 없다.

하지만 누군가의 행복이 누군가에는 불행인 법이다. 모두가 행복한 그런 일은 동화 속에서나 가능한 일. 방송국과 언론이 즐거워하는 사건이라는 건 그걸 수사하는 경찰에게는 재앙이라는 말이다.

채널이 이리저리 돌아갔는데, 나오는 뉴스가 전부 크레인에 걸린 시체 사건의 특보였다. 뉴스가 나오던 TV가 갑자기 툭 꺼졌다. 불편한 심기를 참지 못한 서장이 리모컨을 부숴버릴 듯이 눌러버린 것이다.

가뜩이나 아무런 말도 없던 서장실에 TV마저 꺼지자 적막이 흘렀다. 사람들은 이 고요한 분위기가 폭탄이 터지기 직전이라는 걸 모두 알고 있었다. 마치 다이너마이트의 심지가 타들어 가듯 서장의 씩씩대는 소리가 나고 있었으니까.

그렇게 거친 숨소리가 서장실에 울리다 탁 하는 소리와 함께 서장이 의자를 내리쳤다. 그리고는 화가 단단히 난 목소리로 이야기했다.

"어떤 놈이! 사람을 죽여서! 경찰서 정문! 그것도 우리 집 앞에다 떡하니… 아, 쪽팔려서 진짜…"

서장은 말을 하다가 자신의 이마를 짚었다. 그렇게 잠시 있던 서장은 갑자기 출력된 자료를 집어 들고 자신의 앞에 앉아있는 사람들에게 흔들어 보였다.

"봐라, 이거!"

대부분의 시선이 자료를 흔드는 서장의 손으로 향했다. 모두 침중한 표정을 하고 있었는데, 최 반장만이 멍한 표정으로 앞만 바라보고 있었다.

"전형적인 과시형 살인마 출현! 경찰에 대한 정면 도전, 이 대담한 사건의 범인은 과연 누구인가?"

기가 막힌다는 말투였다. 서장은 코웃음을 치더니 분이 풀리지 않는다는 듯 종이를 테이블에 내동댕이쳤다. 그리고 는 화가 치밀어서 도저히 참을 수가 없다는 듯 단호한 말투로 말을 이었다.

"잘 들어. 청장님 특별 지시야. 그리고 그게 아니더라도 경찰의 자존심이 걸린 문제야! 전 수사력 동원해서 무조건 범인 잡아! 최단 시간 내에 반드시, 꼭!"

서장은 멍하니 앉아 있는 최 반장이 눈에 들어오자 그를 가리키며 소리를 질렀다.

"최 반장! 내 말 알아들었어?"

"네, 알겠습니다."

최 반장은 맥없이 대답했다.

하지만 서장은 그런 것에는 신경 쓰지 않은 채 손가락으로 여기저기를 가리키면서 말했다.

"다들 정신 똑바로 차려! 전 국민이 다 보고 있는 사건이라고, 전 국민이!"

서장은 당장 나가서 수사하라고 소리쳤고, 사람들은 한꺼번에 자리에서 일어나 우르르 나갔다. 최 반장은 여전히 넋이 나간 것 같은 표정으로 터벅터벅 걸어나갔는데, 워낙 사건이 심각한 터라 아무도 그런 모습에 눈길을 주지 않았다.

그것보다는 서장의 화가 자신에게 떨어지지 않으려면 빨리 움직여야 했다. 서장의 심기가 무척이나 날카로웠다. 이런 때에 잘못 보이면 내내 피곤하다는 사실을 잘 아는 사람들로서는 그렇게 움직일 수밖에 없었다.

사람들이 모두 나가자 서장은 소파에 등을 기대면서 여전히 분이 풀리지 않는다는 듯 씩씩거렸다.

"아니 어떤 미친 새끼가. 하아, 그것도 왜 하필 여기다가…"

하필이면 자신이 서장을 하는 시기에 이런 일이 일어난 것인지 짜증스러웠다. 이런 사건이 터지면 잘해봐야 본전이다. 왜 그렇지 않겠는가? 모든 관심이 집중되는 사건이다. 잘 처리를 해도 크레인에 시체가, 그것도 경찰서 바로 앞에 있는 크레인에 시체가 대롱대롱 매달려 있었다는 사실은 변하지 않는다.

한동안 인터넷에는 그 사진이 돌아다닐 것이고, 조금이라도 수사가 지지부진하거나 하면 그 책임을 누가 지게 되겠는가? 바로 서장인 자신이다. 잘못하면 지휘책임을 물어 자리에서 물러나야 할 수도 있다.

서장은 어떻게든 범인을 빨리 잡아야 한다고 중얼거렸다.

"그 방법밖에는 없어. 가능한 한 빨리, 그게 최선이야."

이 위기에서 벗어나는 방법은 그것뿐이었다. 그렇게 서장이 주먹을 쥐었다 폈다 하면서 중얼거리고 있을 때, 비서 경찰이 노크하고 들어오더니 이야기했다.

"저기, 서장님. 기자실에 가셔야 할 시간인데요."

"뭐? 벌써?"

서장은 내키지 않았지만, 약속된 일이라 어쩔 수가 없었다. 그는 마지못해 억지로 몸을 일으키고는 경찰서 기자실을 향해 걸어갔다.

그가 기자실에 도착했을 때는 이미 수많은 기자가 모여 있었다. 서장은 숨을 고르고 표정 관리를 했다. 그리고 슬쩍 창에 비친 자신의 모습을 확인한 다음 기자실로 들어갔다. 언론지상에 나오게 될 모습인데 가능하면 잘 나와야 할 것 아닌가.

서장은 기자들을 쭉 한번 훑어보고는 발표를 시작했다. 수사를 담당하는 반장급이 아닌 서장이 직접 경찰 대응을 설명한다는 것 자체가 얼마나 중대한 사건인지를 알려주고 있었다.

"이미 특별 수사팀이 꾸려진 상태고, 우리 서 최고의 수사관 최창식 반장이 직접 수사를 지휘하고 있습니다. 경찰의 명예를 걸고 조속한 시일 내에 범인을 검거할 것입니다."

서장은 나름대로 근엄하고 멋지게 보이려고 애썼지만, 딱딱하고 사무적인 말투였다. 하지만 기자들은 말투 같은 것에는 신경도 쓰지 않았다. 서장의 발표력 같은 건 그들의 관심 밖이었다.

그런데 기자 한 명이 최창식이라는 말을 듣더니 어디선가 들어본 이름 같다고 고개를 갸웃거렸다.

"최창식 반장?"

"어제 대통령 표창받은 사람이잖아. 여기 강력반 반장."

옆에 있던 기자가 사진기로 서장을 찍으면서 넌지시 알려주었다.

"아, 맞다. 어쩐지 어디선가 이름을 들어본 것 같더라니."

그런데 그 말을 들은 다른 기자들은 좋은 건수를 건졌다는 표정이 되었다. 곧바로 서장에게 질문이 쏟아지기 시작했다. 기삿거리를 제대로 만들어 보겠다는 듯이, 가뜩이나 흥미진진한 사건인데 대통령 표창을 받은 수사 베테랑? 그림이 아주 좋지 않은가!

흥미진진해진 기자들의 질문 공세에 서장은 대답하느라

진땀을 흘렸다. 그리고 기자들은 빠르게 노트북의 자판을 두들겼다. 그리고 기자들이 써내려간 기사는 이내 인터넷에 올려졌다. 아주 자극적인 제목을 달고서.

- 경찰서 앞에 매달린 시신, 엽기적인 살인 사건!
- 사건 담당 최창식 반장, 대통령 표창 수상한 베테랑!
- 엽기적 살인마와 베테랑 형사의 대결!

그날 대형 포털 사이트의 검색어 순위 맨 꼭대기에는 최 반장의 이름이 걸렸다.

• • •

"시신은?"

초췌해진 모습의 최 반장이 팀원들의 보고를 듣고 있었다. 수염이 덥수룩하게 나 있는 모습에서 그동안 집에도 들어가지 못한 채 수사를 지휘했다는 걸 알 수 있었다. 다른 형사들도 차이는 있지만, 다들 피곤해 보이는 모습이었다.

"시신은 조금 전에 국과수로 넘어갔습니다."

오 형사는 자료를 보면서 읽어나갔다.

"현장에 혈흔이 전혀 없는 점과 피살자 상처의 경직도를 볼 때, 제 삼의 장소에서 살해 후 현장으로 옮겨진 것 같다는 게 현장 감식팀의 일차적인 견햅니다."

최 반장은 피곤이 묻어나는 목소리로 물었다.

"피살자 신원은?"

"신원을 확인할 만한 소지품이 아무것도 없습니다. 시간이 좀 걸릴 거 같습니다."

최 반장은 살짝 긴장하면서 질문했다. 티를 내지 않으려고 했지만, 자꾸만 심장이 쿵쾅거리는 것을 다른 사람이 눈치챌 것 같아서 입술이 바짝바짝 말랐다. 그래서 일부러 수염도 깎지 않고 초췌하게 보이는 대로 내버려 둔 것이기도 했다.

"시신이나 범행 도구에서 나온 단서는…"

말을 길게 하면 어색할까 싶어서 뒤를 얼버무렸다. 그리고 지금 말한 게 평소와는 달리 무척 어색했다는 생각을 하면서 주변의 눈치를 살폈다. 하지만 팀원들의 표정에는 전혀 변화가 없었다.

최 반장은 다행이라고 생각하면서 어떤 대답이 나올지 침을 삼키면서 기다렸다. 만약 무슨 단서라도 나온다면 큰일이다. 그것은 자신과 관련된 것일 가능성이 높았고, 그렇다는 건 곧바로 자신의 파멸을 뜻하는 것이었으니까.

아주 짧은 시간이었지만, 오 형사의 대답을 듣기까지 최 반장에게는 무척이나 긴 시간이었다. 침을 두어 번 삼켰는데도 빨리 대답이 나오지 않아 조바심이 날 때, 오 형사는 입을 열었다.

"특별한 단서는 없었습니다. 단검 손잡이에도 일체의 지문이 지워진 거로 봐서, 범인이 사후 처리를 철저히 한 것 같습니다."

최 반장은 고개를 천천히 끄덕였다. 일단은 안심이 되었다. 특별한 단서가 없다는 건 아직까지는 자신과 시체를 연결할 만한 게 아무것도 없다는 거였으니까.

최 반장은 속으로 한숨을 내쉬면서 계속해서 회의를 진행했다. 죽은 기사의 모습이 찍힌 현장 사진을 보다가 최 반장은 팀원들을 둘러보며 이야기했다.

"일단, 공사장 출입자와 차량을 중점적으로 체크하고, 피살자 신원 확인해. 그거부터 속도를 좀 내자고."

최 반장은 다른 것보다 시체를 누가 그곳에 가져다 놓았는지가 궁금했다. 그래서 수사 방향을 그쪽으로 잡았다. 그리고 이상할 것 없는 일이었다. 시체가 발견된 장소로부터 수사를 시작하는 건 아주 당연한 일이었으니까.

"네, 알겠습니다."

팀원들이 대답하고는 흩어졌다. 최 반장은 도대체 어떤 놈이 시체를 그곳에다 가져다 놓아서 이런 사달을 만들었는지 찾아봐야겠다고 생각했다. 어떤 놈인지는 몰라도 그놈을 잡지 않는 이상에는 자신이 안전할 수는 없었다.

성공이 바로 눈앞에 있다. 대통령 표창까지 받고 본청으로 발령을 받기 직전이다. 어떻게 달려온 길이던가? 온갖 궂은 일과 고생이라는 고생은 다 하면서 일궈낸 결과물이다. 1년이나 2년도 아니고 무려 15년에 걸쳐서.

그런데 그 모든 고생이 한순간에 날아가게 생겼다. 그럴 수는 없었다. 그 모든 고생을 이렇게 날려버릴 수는 없는 일이다. 최 반장은 입술을 잘근잘근 깨물었다. 그리고 자리에서 일어났다.

최 반장이 향한 곳은 자신이 살인을 한 장소였다. 그는 차를 타고 이동했는데, 택시를 타고 갔던 길인 데다가, 중간에 잠들었었기 때문에 정확하게 어떤 루트를 거쳐서 이동했는지는 확실치 않았다.

다만 마지막 위치가 어디인지는 알고 있었다. 야산에서 내려와서 집까지 오면서 자연스럽게 알게 되었으니까.

"이쪽이지?"

택시를 타고 가던 기억을 곰곰이 떠올리면서 최 반장은 주변을 살폈다. 그리고 우면산 근린공원이라는 팻말을 발견하고는 바로 그 방향으로 차를 몰았다.

이런 길이 다 비슷비슷하기는 하겠지만, 그래도 왔던 곳이라는 걸 어렴풋이나마 알 수 있었다. 그때는 모든 것이 어둠에 묻힌 밤중이고 지금은 밝은 대낮이라는 점이 다르긴 했지만, 최 반장은 낯설지 않다는 걸 느낄 수 있었다.

차를 타고 가다가 최 반장은 드디어 자신이 찾던 장소를 발견했다. 그는 핸들을 틀어 야산의 공터로 천천히 차를 몰고 들어갔다.

기억이 떠올랐다. 최 반장은 이곳이 틀림없다고 생각하면서 차에서 내렸다. 그리고 차에서 내려 주변을 둘러보니 더 명확하게 알 수 있었다. 바로 그 장소였다. 자신이 살인을 한 바로 그 장소.

하지만 공터를 계속 둘러보았지만, 아무것도 보이지 않았다. 마치 이곳에서는 아무것도 없었던 것 같이 깨끗했다.

"여기야. 여기가 택시가 서 있던 곳이고…"

최 반장은 택시가 서 있던 장소로 가서는 바닥을 살폈다. 하지만 아무런 흔적도 없었다. 타이어 자국이나 자동차가 있었다는 어떤 흔적도 남아있지 않았다. 그것이 더 최 반장을 미치게 만들었다.

그는 택시가 있던 장소에 서서 앞을 바라보았다. 거기에는 그날 밤, 시체가 있었다. 가슴에 칼이 꽂힌 채, 자동차의 헤드라이트를 받으면서 누워 있었다. 최 반장은 시체가 누워 있던 장소로 다가가서 살폈다.

역시나 마찬가지로 아무것도 남아있지 않았다. 심지어는 핏자국까지도 보이지 않았다. 정말 깨끗했다. 처음부터 여기서는 아무런 일도 없었다는 듯이.

'누가? 왜?'

최 반장은 한 손으로 머리를 긁으면서 주변을 둘러보았다. 도대체 누가 이런 일을 했는지, 도대체 왜 그런 것인지 도무지 이해할 수가 없었다. 갑자기 가슴이 답답해져 왔다.

아무리 봐도 아무것도 없는 휑한 공터. 최 반장은 멍하니 서서 그날 일을 떠올렸다. 광기가 흐르는 번들거리는 눈으로 자신에게 덤비던 기사. 살기를 내뿜으면서 시퍼런 단검을 자신의 심장에 박아 넣으려고 하던 그 모습이 생생하게 떠올랐다.

그리고 그가 했던 말들도 하나씩 떠올랐다. 자신의 비리를 말했고, 다른 말도 했었다.

'옛날 일? 도대체 어떤 일을 말하는 거지?'

최 반장은 아무것도 하지 않았는데 숨이 가빠지는 걸 느꼈다. 누군가가 자신의 목을 꽉 누르고 있는 기분이 들어서였다.

'왜? 나한테 왜?'

최 반장은 머리를 감싸 쥐었다. 모든 게 잘 풀리려고 하는 순간에 왜 이런 말도 되지 않는 일이 일어난 것인지 너무나도 괴로웠다. 그리고 조그마한 실마리라도 보인다면 이렇게 답답하지는 않을 텐데, 모든 것이 의문투성이였다.

모든 것이 어둠 속에 가려져 있고, 드러난 것이라고는 누군가 시체를 자신이 근무하는 경찰서가 보이는 공사장에 가져다 놓았다는 것뿐이었다. 그것도 사람들의 이목을 끌기 위해서 타워크레인에 대롱대롱 매단 채로.

"어떤 새끼야?"

최 반장은 버럭 소리를 질렀다. 그렇게 소리라도 지르지 않으면 가슴에 있는 무언가가 뻥하고 터져버릴 것 같아서였다. 하지만 그렇게 소리를 질렀지만, 하나도 시원해지지 않았다. 오히려 무언가가 가슴을 꽉 누르고 있는 것 같이 느껴졌다.

"내가 이대로 당할 것 같아?"

어떤 새끼가 그런 것인지는 모르겠지만, 이렇게 무너지지는 않을 것이라고 최 반장은 생각했다. 숨을 거칠게 몰아쉬던 최 반장은 다시 차에 올랐다. 그리고 있는 대로 액셀을 밟고는 공터에서 빠져나왔다. 최 반장의 차는 순식간에 사라졌는데, 공터에는 진한 타이어 자국이 길게 남아 있었다.

살인 2

동재는 시체가 매달렸던 타워크레인을 올려다보았다.

"후유!"

까마득한 높이에 탄성을 내지른 동재는 범인의 동선을 가늠하면서 이리저리 움직였다. 범인이 시체를 타워크레인에 매달기 위해서 어떻게 움직였을지 예상하고 살피려는 거였다.

현장을 살피는 동재의 표정에는 살짝 긴장한 기색이 보였다. 처음 만난 대형 사건이라 그런 것 같았는데, 하지만 무척이나 흥미진진해 하는 기색도 보였다. 그는 공사 중인 건물 뒤편까지 구석구석 살펴보았는데, 별 특이한 점은 보이지 않는 듯했다.

결국, 별다른 수확 없이 동재는 다시 공사장 사무실 쪽으로 걸어갔다. 그리고 가던 길에 시체가 매달려 있던 타워크레인을 다시 한 번 쳐다보았다.

"예, 감사합니다."

오 형사는 공사장 사무실에서 나오면서 공사장 책임자들에게 인사를 했다. 이야기를 나누어 보았지만, 별다른 걸 알아내지 못한 그는 입맛을 다시면서 어떻게 해야 할지를 고민했다. 그러던 오 형사의 눈에 무언가 특이한 게 들어왔다.

"공사장에 택시?"

택시가 맞는가 싶어서 다시 보았지만, 틀림없는 택시였다. 컨테이너로 된 사무실 옆 공터에 줄줄이 주차된 차들. 그중에 분명히 택시가 한 대가 주차 된 게 보였다. 마침 주변을 보니 동재가 근처에 있는 게 보였다.

"동재야. 야, 차동재!"

오 형사의 힘차고 굵은 목소리를 들은 동재는 타워크레인을 보던 시선을 돌려서 목소리가 들리는 곳을 쳐다보았다. 거기에는 오 형사가 있었는데, 한 곳을 손으로 가리키고 있었다.

동재는 금방 오 형사가 무얼 가리키는지 알아챌 수 있었다. 차들이 쭉 주차되어 있는데, 그중에서 튀는 건 택시 한 대뿐이었으니까. 동재는 알았다고 하고는 곧바로 택시로 향했다. 그리고 오 형사도 곧바로 택시를 향해 걸어갔다.

먼저 도착한 동재는 택시 안쪽을 들여다보았다. 키가 그대로 꽂혀 있는 게 보였고, 차 문을 당겨보니 문도 그대로 열렸다.

"어디 보자."

동재는 차 안으로 몸을 조금 밀어 넣고 살폈는데, 핸들 앞쪽에 작업용 가죽장갑 한 켤레가 놓여있었다. 조심스레 들춰보니 뭔지는 모르겠지만 검은 얼룩 같은 것이 묻어있는 장갑이었다.

동재는 손으로 검은 얼룩을 살짝 만져 보았는데, 검게 마른 피딱지 같은 것들이 부서져 떨어졌다. 동재의 표정이 조금 심각해졌다. 조사를 더 해봐야겠지만, 이 택시가 시체를 운반한 차량일 확률이 높다는 건 누구라도 짐작할 수 있는 일이었다.

동재는 인상을 조금 찌푸린 채 앞뒤 좌석과 바닥까지 꼼꼼히 살폈다. 그때, 운전석과 중앙의 팔걸이 박스 사이의 좁은 틈 안쪽에서 뭔가가 햇빛에 반사되어 반짝 빛나는 게 보였다.

"어?"

동재가 좁은 틈으로 손가락을 집어넣어 빛나는 게 무언지 꺼냈다. 속에 꽉 끼어 있어서인지 잘 꺼내지지 않았는데, 힘을 주어 잡아당기니 쏙 빠져나왔다. 동재는 그 물건을 멍하니 쳐다보았다.

넥타이핀이었다. 팀원들이 최 반장에게 선물했던 바로 그 넥타이핀. 동재는 직접 최 반장에게 해주었기 때문에 더욱 선명하게 기억하고 있었다. 분명히 그 넥타이핀과 똑같은 물건이었다.

동재는 이상하다는 표정으로 넥타이핀을 쳐다보았다. 이 물건이 왜 이곳에 있는지 알 수 없다는 표정으로. 그때, 오 형사가 택시 가까이 다가오며 말했다.

"뭐 좀 있냐?"

오 형사는 자동차 안을 살펴보고 있는 동재 뒤를 지나치면서 말을 툭 던졌다. 동재는 깜짝 놀랐지만, 몸이 자동차 안에 들어와 있어서 밖에 있던 오 형사는 동재가 어떤 상태인지 볼 수가 없었다.

"꼼꼼히 살펴보고, 트렁크 좀 열어봐."

오 형사는 자동차의 뒤쪽으로 가면서 그렇게 말했다. 만약 이 자동차가 시체를 옮긴 차라면 트렁크에다가 넣고 왔을 가능성이 높았다. 그렇다면 당연히 트렁크에 분명히 무언가 있을 것이다.

시체를 옮긴다는 건 흔적이 많이 남는 일이다. 그러니 트렁크부터 조사하는 것이 좋겠다고 판단한 거였다. 고민하던 동재는 일단 오 형사 몰래 넥타이핀을 주머니에 넣고, 트렁크 스위치를 당겼다.

덜컹하는 소리와 함께 트렁크가 열렸는데, 뒤쪽에 있던 오 형사는 트렁크를 손으로 잡고 위로 번쩍 올렸다. 그리고는 그 자리에 석상처럼 굳었다. 트렁크 안에는 검게 마른 핏자국들이 넓게 퍼져 고스란히 남아있었기 때문이었다.

그럴 가능성이 있다고 생각은 했지만, 이렇게 쉽게 발견할 것이라고는 생각지 못했다. 단서를 남기지 않은 범인의 수법으로 보아 시체를 옮긴 차량도 찾는 게 만만치 않겠다는 생각을 했었다.

그래서 트렁크를 열었을 때만 해도 뭔가 있었으면 좋겠다는 생각을 했지, 이렇게 흔적이 적나라하게 남아 있으리라고는 생각지도 못했었다. 오 형사는 굳은 표정으로 이야기했다.

"동재야! 빨리 연락해라. 찾은 것 같다."

오 형사는 그렇게 말하고는 심각한 표정으로 차량을 쳐다보았다. 뭔가 이상했다. 위화감이 느껴졌다.

'다른 증거는 그렇게 철저하게 지웠으면서 차량은 왜 이런 식으로 내버려 두었을까?'

하지만 그런 의문은 곧 수많은 사람에게 묻혀버리고 말았다. 얼마 지나지 않아 택시 주변은 수많은 사람들로 북적였다. 세간의 관심이 쏠린 사건이다. 제대로 해결하지 못하면 여러 사람이 옷을 벗어야 할 수도 있는 그런 큰 사건. 당연히 관심을 가지는 사람이 많을 수밖에 없다.

정밀 감식요원들이 복장을 갖추고 택시 주변에서 단서를 수집 중이었는데, 그 주변으로는 많은 수사 관계자들이 그 모습을 지켜보고 있었다. 그들의 표정에는 단서를 빨리 발견해서 다행이라는 안도감이 서려 있었다.

개중에는 팀원들과 함께 도착한 최 반장의 모습도 있었다. 무표정한 얼굴로 조사하는 모습을 지켜보고 있는 최 반장. 그는 상당히 동요하고 있었다. 사람들이 조사하고 있는 자동차는 자신이 탔었던 택시였으니까.

최 반장은 범인이 누군지는 모르겠지만, 일부러 단서들을 조금씩 흘리는 게 아닌가 하는 생각을 했다. 그렇지 않은가? 아무도 모를 것 같은 공터는 그렇게 깔끔하게 정리를 해 놓은 자였다.

마음만 먹었다면 이곳에 이렇게 택시를 내버려 두지 않았을 것이다. 그렇게 생각하는 게 맞았다. 이건 일부러 증거를 버리고 간 거였다.

'왜?'

대답은 간단했다. 범인은 자신을 노리고 있는 거였다. 자신이 이 살인과 연관이 있다는 사실을 세상에 알리려고 하는 속셈이었다. 그래서 시체도 타워크레인에 걸어 놓고, 시체를 운반한 택시도 이렇게 버려두고 간 거였다.

그런 생각을 하자 조사를 하는 감식반 요원들의 움직임 하나하나에 신경이 바짝 곤두섰다. 범인이 차에 무슨 짓을 해 놓았을지도 모른다는 생각이 들어서였다.

그렇게 초조하고 긴장된 심정으로 택시를 바라보고 있을 때, 현장을 기록하는 카메라 플래시가 펑하고 터졌다. 최 반장은 불빛이 번쩍일 때마다 순간적으로 움찔거렸다. 잠시 후면 저 불빛이 자신을 향해서 터질 수도 있다는 생각이 들어서였다.

얼마 전까지만 해도 카메라의 플래시는 축복과도 같았다. 대통령 표창을 받을 때 사방에서 쏟아지는 플래시는 자신의 공을 축복해주는 폭죽과도 같은 것이었다. 하지만 지금은 아니었다. 최 반장은 플래시가 섬뜩한 비수처럼 자신을 푹푹 찌르는 것처럼 생각되었다.

그리고 동재는 감식요원들을 도와 택시 내부를 분주하게 수색하다가 문득 멀리 떨어져서 이 광경을 지켜보고 있는 최 반장을 보았다. 그리고 가슴 부근을 슬쩍 손으로 만졌다. 넥타이핀을 넣어둔 주머니 부근을.

• • •

"택시 회사에 확인 결과, 피살자는 도급택시 기사였습니다."

오 형사가 자료를 보면서 이야기했다. 최 반장과 팀원들이 회의실에 앉아 있었는데, 테이블 위에는 수사 자료들이 쭉 펼쳐져 있었다.

다들 택시의 발견으로 수사에 탄력이 붙었다고 느끼고 있었다. 시체를 옮긴 택시는 무척이나 중요한 단서였다. 일단 이런 중요한 단서가 발견되면 그다음은 어렵지 않았다. 그 단서를 역추적하면 되니까!

예전에야 이런 단서를 발견한다고 하더라도 수사하는 게 만만치 않았다. 하지만 요즘은 다르다. CCTV가 좀 많은가? 서울에서 CCTV를 피해서 움직인다는 건 불가능했다. 그러니 차량을 발견한 것만으로도 상당한 성과를 올렸다고 할 수 있었다.

"정지수, 마흔둘, 아직 미혼으로 폭력과 마약 전과가 각각 한 번씩 있습니다. 지난 21일 오전에 출근부를 찍고 나간 뒤 그 날 밤에 피살, 자기 택시 트렁크에 실려서 옮겨진 것으…로 보입니다."

내내 복잡한 시선으로 기사의 사진과 인적사항을 보던 최 반장이 조심스럽게 물었다.

"택시 안에 범인의 것으로 볼 만한 단서는…"

최 반장은 다른 사람들과는 관점이 달랐다. 다른 팀원들이야 어떤 증거가 있는지가 관심사겠지만, 최 반장은 증거가 없어야만 했다. 하지만 범인이 무슨 짓을 해 놓았을지 모르는 일이다.

증거란 건 공터를 깔끔하게 정리한 것처럼 지울 수도 있는 것이지만, 반대로 일부러 남길 수도 있는 것이다. 범인이라고 하면 그러고도 남을 것 같다고 최 반장은 생각하고 있었다.

그래서 긴장이 되었다. 사람이 가장 불안할 때는 어떤 일이 벌어질지 알 수 없을 때이다. 최 반장은 정말 죽을 맛이었다. 차라리 자신이 범인인 것이 밝혀지는 게 오히려 마음이 편할 수도 있다는 생각이 들 정도였다.

"별다른 게 없습니다. 어떤 놈인지는 모르지만, 철저히 흔적을 지운 거 같습니다."

최 반장은 또다시 안도했다. 벌써 이런 식으로 심장이 바싹바싹 말라 들어갔다가 안도하는 게 몇 번째인지 몰랐다. 최 반장은 이러다가는 얼마 지나지 않아 심장마비로 죽을지도 모른다는 생각이 들었다. 그러는 사이에도 오 형사의 이야기는 계속되었다.

"택시 회사에서 피살자가 사용하던 전화번호를 알아냈는데요, 통화기록 조회를 요청해 놓은 상탭니다. 피살자 전과 내용을 본다면, 대충 범위는 좁힐 수 있을 거 같습니다."

수사는 범인이 아닌 사람을 배제해 나가는 과정이다. 처음에는 모든 사람이 용의자다. 누가 범인인지 알 수 없으니까. 그러다가 증거를 통해서 범인이 아닌 사람들은 모두 배제한다. 그렇게 점점 아닌 사람들을 제외하다 보면 범인의 윤곽이 드러나는 것이다.

최 반장은 끄덕이면서 혼자 생각에 빠져 있다가 불쑥 물었다.

"그런데… 왜 그랬을까?"

오 형사를 비롯한 모든 사람이 의아한 표정이었다. 무얼 묻는지 잘 몰라서였다. 최 반장은 읊조리듯 이야기했다.

"왜 시체를 경찰서 정문 앞에다 매달았을까?"

"글쎄요…"

오 형사는 고개를 갸웃거리면서 말했는데, 조 형사가 잽싸게 끼어들었다.

"재작년 역삼동 클럽사건 기억하시죠?"

조 형사의 말에 사람들은 고개를 갸웃거렸다. 사건이 어디 한두 개던가? 조 형사의 말만 가지고는 어떤 사건인지 알 수가 없었다. 사람들이 잘 모르는 것 같자 조 형사는 재빨리 설명을 덧붙였다.

"아, 왜 있잖습니까? 약쟁이들이 집단으로 칼부림하고 난리 났었던…"

그제야 사람들은 고개를 끄덕였다. 사건 사고와 함께 살아가는 형사들이지만, 그런 특이한 사건은 기억에 남을 수밖에 없었다. 조 형사는 사람들이 알아듣는 것 같자 목소리를 높여 다시 말을 이었다.

"그때처럼 그런 거 아니겠습니까? 약 때문에요. 약 때문에."

"약이라…"

"그럴 수도…"

사람들은 옆 사람의 얼굴을 쳐다보면서 서로 중얼거렸다. 조 형사는 기분을 한껏 내면서 계속해서 떠들었다.

"왜 약 하는 놈들 중에는 사이코도 많잖습니까? 개중에 어떤 놈이 약을 하고 한 짓이겠죠. 약 한 놈들이 어디 상식적으로 행동합니까?"

조 형사는 약을 하고서 자신이 이 정도라고 과시하고 싶어 그랬을 거라고 이야기했다. 그리고 동의를 구하듯 다른 팀원들을 바라보았다. 팀원들도 고개를 주억거렸다. 어느 정도는 일리가 있는 말이었기 때문이었다.

그러나 최 반장은 아무런 반응 없이 기사의 사진을 주시했다. 최 반장이야 다른 생각이 있어서 그런 거였는데, 다른 사람들은 그렇게 생각하지 않았다. 조 형사의 의견에 동의하지 않는 것으로 생각한 것이다. 그래서 오 형사는 얼른 화제를 바꾸었다.

"일단, 주변 인물들을 중심으로 용의점이 있는 사람들을 찾아서 압축해 보겠습니다. 그리고 공사장 인근 CCTV를 전부 확인해서, 택시 이동 경로를 역추적하는 일도 병행해야 하지 않겠습니까? 타겟이 분명해진 이상, 그게 제일 확실할 거 같은데요."

최 반장은 택시 이동 경로 추적이란 말에 고개를 들었다.

아주 당연한 순서였는데, 잊고 있었던 것이다.

택시라는 증거가 나왔으니 당연히 택시의 경로를 추적한
다. 어느 사건이나 다 그렇게 한다. 하지만 문제는 그렇게 된
다면 자신이 사건과 연관이 있다는 게 드러나게 된다는 거
였다. 택시의 경로를 추적하다 보면, 자신이 그 택시에 탄 것
도 밝혀질 테니까.

사실 최 반장은 조 형사가 약쟁이 이야기를 했을 때 환호
라도 지르고 싶었다. 아주 그럴듯해서 그 방향으로 수사력
을 집중해도 좋겠다고 생각한 것이다. 그렇지만 대뜸 좋은
생각이라고 하면서 나서면 이상해 보일까 봐 가만히 있었던
것이다.

"좋아, 그렇게 시작하자고!"

여기서 머뭇거렸다가는 오히려 더 의심을 받을 수도 있었
다. 아주 당연한 수사 과정이었기 때문이었다. 그래서 일단
은 아무렇지 않은 척하면서 힘주어 말했다.

하지만 속으로는 바짝바짝 타들어 가고 있었다. 간신히
마음을 좀 놓아도 되나 싶었는데, 또다시 문제가 생겼다. 도
무지 잠시라도 마음을 놓을 수가 없으니 정말 죽을 맛이었
다. 최 반장은 이러다가 미쳐버리는 게 아닌가 하는 생각을
했다.

한편, 회의가 진행되는 동안, 맨 끝자리의 동재는 아무런 말도 없이 계속 생각을 하고 있었다. 평소 회의에서도 말이 별로 많지 않은 동재였기에 사람들이 별다르게 생각하지 않았지만, 동재의 표정이나 행동은 분명히 평소와는 달랐다.

동재는 회의가 끝나자 곧바로 밖에 있는 휴게실로 향했다. 그리고 주변에 아무도 없다는 걸 확인하고는 품에서 넥타이핀을 꺼냈다.

분명히 최 반장의 넥타이핀과 똑같은 물건이었다. 세상에 그 넥타이핀이 단 한 개만 있는 건 아니지만, 어떻게 의심이 들지 않겠는가. 동재는 혼자 최 반장의 넥타이핀을 보면서 여전히 알 수 없는 일이라는 듯 고민되는 표정을 하고 있었다.

"무슨 고민 있냐?"

그때, 뒤에서 굵은 목소리가 들렸다. 동재는 넥타이핀을 얼른 주머니에 넣고는 뒤를 돌아보았는데, 오 형사가 사람 좋은 표정을 하면서 다가오고 있었다. 동재는 꾸벅 고개를 숙이면서 인사했다.

오 형사는 피식 웃으면서 던지듯 질문했다.

"너 회의시간 내내 딴 생각하더라? 뭐야? 말해 봐."

"…아니요…"

동재는 아무것도 아니라고 이야기했다. 하지만 어느 누가 그 말을 믿겠는가. 아니라는 티를 이렇게 팍팍 내면서 말하는데 말이다. 오 형사는 동재를 빤히 쳐다보다가 어깨를 툭 쳤다.

"짜식, 있구만 뭘… 큰 사건 처음 해서 힘드냐?"

"아닙니다."

오 형사는 킬킬대면서 동재의 어깨를 툭툭 쳤다.

"아이고, 짜식이. 아니긴 뭐가 아냐. 그러게 이런 델 뭣 하러 자원해서 와서 생고생이냐. 편하고 힘 있는 정보팀에서 눌러 살지."

"강력반이 경찰의 꽃 아닙니까?"

동재는 슬며시 웃으면서 대답했다. 오 형사는 그런 동재가 대견하다는 듯 쳐다보았다. 왜 예쁘지 않겠는가. 강력반 형사로서 이런 후배가 있다는 게 정말 기운 나는 일이었다.

"꽃 같은 소리는. 야, 책에서 배운 거 하고는 생판 다른 게 세상일이야."

오 형사는 기지개를 쭉 켜고는 어두운 밤하늘을 바라보면서 이야기했다.

"훨씬 더럽고 복잡하지 뭐. 그런 거야 어디 공부해서 알 수 있겠냐. 그러니까 이제부터가 진짜 공부라고 생각해."

동재는 오 형사의 말을 들으면서 그저 웃고만 있었다.

"아, 그리고 이번 사건 말이야. 아주 좋지 않아. 왠지 느낌이 좋지 않아."

"…왜요?"

동재는 의아하다는 듯 물었는데, 오 형사는 그냥 피식 웃으면서 동재에게 장난치면서 대답했다.

"나도 몰라. 이 자식아, 그냥 이 짓 한 십 년 넘게 하면 그런 느낌이 올 때가 있는 거야."

오 형사는 동재의 어깨며 팔을 주무르더니 보기보다 운동 많이 한 모양이라고 이야기했다. 동재는 쑥스러운지 그런 오 형사의 손길을 슬쩍 막았고, 둘 사이에는 가벼운 몸싸움이 벌어졌다.

"어쭈, 힘 좀 쓰는데?"

오 형사는 보기에는 샌님 같은 동재가 생각보다 힘이 센 것에 놀라면서 말했다. 그렇게 잠시 장난을 치던 두 사람은 이내 키득대면서 웃었다. 동재는 그러다가 살짝 진지한 표정으로 오 형사를 쳐다보면서 입을 열었다.

"저기… 오 형사님."

"왜?"

오 형사는 어서 말해보라고 동재를 쳐다보았는데, 동재는 뭔가 말하려다 포기하고는 그냥 고개를 숙였다.

"아, 뭔데? 말을 했으면 끝까지 해야지."

"아니에요."

동재의 말에 오 형사가 눈을 부라리며 발길질을 했고, 동재는 웃으면서 피했다. 둘은 경찰서 안으로 들어오면서 어깨동무를 했다. 그리고 밤공기를 타고 두 사람의 웃음소리가 울려 퍼졌다.

같은 시각, 최 반장은 자신의 방에서 창밖으로 보이는 공사장 타워크레인을 보면서 생각에 잠겨 있었다.

'도대체 누가 이런 짓을 했을까?'

곰곰이 생각하다가 문득 무언가가 생각난 듯 책상으로 돌아와서 죽은 정지수 수사 자료를 꼼꼼히 살폈다. 손으로 짚어가며 살폈는데, 자신이 원하는 내용은 나오지 않았다. 최 반장은 죽은 기사의 사진을 응시했다.

'어디서 만난 적이 있었나?'

어쩐지 어디선가 본 것 같은 얼굴이었다. 하지만 아무리 생각해봐도 기억이 나지 않았다. 하기야 한 달이면 상대하는 사람만 해도 몇 명인가. 그동안 자신이 보았던 사람들의 수를 합치면 어마어마할 것이다.

그러니 그 사람들의 얼굴과 신상정보를 모두 기억하고 있을 리가 있겠는가. 최 반장은 약을 하는 놈이니 언젠가 본 적이 있겠거니 하고는 넘어갔다. 그리고 그날 있었던 일을 다시 떠올렸다. 자신을 죽이려고 덤비던 택시기사의 모습을.

눈을 슬며시 감으니 당시 상황이 바로 눈앞에서 벌어지는 것 같이 떠올랐다. 자신에게 시퍼런 칼날을 들이밀면서 덤비던 정지수. 그러다가 그가 한 말이 떠올랐다.

'강남 룸살롱 이명천이한테 받은 돈은 윗놈들이랑 뿜빠이도 안하고 너 혼자 꿀꺽 했지? 켈켈…'

그 말을 떠올린 최 반장의 미간에 주름이 생겼다.

'이명천… 이명천…'

이명천의 이름을 되뇌던 최 반장은 아무래도 그가 가장 의심스럽다는 생각이 들었다. 이명천이 자신에게 돈을 준 이유는 윗선에 줄을 대려는 거였다. 그런데 그 돈을 제대로 전달하지 않았으니 불만을 품었을 수도 있었다.

'그렇다고 나를 죽이라고 했다는 건 좀 이상한데…'

불만이야 있을 수 있겠지만, 그렇다고 죽일 정도의 원한은 아니었다. 하지만 최 반장은 조금 다르게 생각했다.

'아니야. 그냥 경고를 하라고 한 걸 약쟁이가 잘못 알아들었을 수도 있지.'

어디 약을 하는 놈들 중에 정상인 놈이 있던가. 그래서 사고가 난 것일 수도 있다. 적당히 겁만 주라고 한 것인데 정지수가 약을 해서 일을 키웠을지도 모른다는 생각이 들었다. 그런 식으로 생각하자 이명천이 점점 더 의심스러워졌다.

곰곰이 생각하던 최 반장이 굳은 표정으로 사무실을 나 갔다. 그가 향한 곳은 어느 룸살롱이었다. 아직은 개장 전이 라서 그런지 실내는 조용했다. 딱딱한 표정으로 룸살롱 안 으로 들어온 최 반장은 지나가던 웨이터에게 손짓을 했다. 그리고 웨이터가 다가오자 거칠게 물었다.

"이명천이 어디 있어?"

"사장님이요? 사장님 지금 훈시중이신데…"

웨이터는 자기가 나온 룸을 힐끔거리며 대답했다. 그 말을 들은 최 반장은 주저 없이 룸으로 들어갔다. 최 반장은 거칠 게 문을 열고 들어갔는데, 요란스럽게 치장한 룸에서 사장 인 이명천은 아가씨들을 모아놓고 일장 훈시를 하다가 화들 짝 놀랐다.

"아니 형님, 이 시간에 어쩐 일로…"

최 반장은 그런 이명천을 째려보다가 아가씨들에게 이야 기했다.

"다들 나가 있어요."

놀란 아가씨들이 주저하며 사장인 이명천의 눈치를 보았 다. 지금 들어온 사람이 누구인지도 모르는데 나가란다고 해서 나갈 수가 있겠는가. 그랬다가는 무슨 일을 당할지 모 른다. 하지만 이명천이 형님이라고 하는 걸로 봐서는 무언가 있는 사람처럼 보이기는 했다. 그래서 아가씨들은 이러지도 못하고 저러지도 못한 채 주저하고 있었다.

이명천은 평소와는 다른 최 반장의 모습에 놀라면서 이야기했다. 최 반장은 그래도 신사다운 경찰 중 한 명이었다. 매너도 좋은 편이었고, 관계도 나쁘지 않았다. 그런데 이렇게 험악한 얼굴을 하고 들어왔으니 어리둥절할 수밖에.

"나가서 일들 봐."

이명천이 이야기하자 아가씨들이 우르르 몰려나갔다.

방에 둘만 남게 되자, 최 반장은 대뜸 이명천을 자신의 앞에 끌어다 앉히고는 사진을 내밀었다. 이명천의 코앞에다 택시기사의 사진을 들이민 최 반장은 날카롭게 물었다.

"너, 이 새끼 알지?"

"…네?"

이명천은 무슨 말이냐는 듯 되물었다. 최 반장은 주저 없이 퍽! 하고 한 방 먹였다. 그리고 다시 물었다.

"사진 똑바로 보고 말해, 이 새끼야. 알아 몰라?"

이명천은 깜짝 놀라서 자세를 바로 하고는 사진을 보았다. 아무리 봐도 모르는 사람. 이명천은 고개를 저으면서 대답했다. 최 반장의 눈치를 살피면서.

"저… 모르겠는데요."

최 반장은 이명천의 눈을 쏘아보았다. 그가 말하는 것이 진실인지 아닌지를 가늠하기라도 하겠다는 듯이. 이명천은 자신에게 왜 이러냐는 표정을 하고 있었는데, 최 반장은 계속해서 이명천의 눈을 쏘아보며 거칠게 말을 내뱉었다.

"똑바로 말해. 네가 이놈 시켜서 나 협박한 거 아냐?"

이명천은 손사래를 치면서 무슨 소리냐며 대답했다.

"아니… 뭣 땜에 이러시는지는 몰라도 저 아닙니다. 아니 제가 왜 그러겠습니까?"

이명천은 거의 울상이 되어서 억울하다며 항변했다.

"보십쇼 형님. 내가 강남 3구에 가게가 딱 열 갠데요, 이 나이에 그걸 큰 탈 없이 굴리는 노하우가 뭔지 아십니까? 돈 먹여야 할 놈…"

이명천은 이야기하다가 이크 하며 놀랐다. 그는 최 반장의 눈치를 살피면서 말을 이었다.

"아니, 먹여야 할 분, 그리고 손 봐줘야 할 놈, 이걸 정확하게 구분해서 관계를 설정한다 이겁니다. 그렇게 하지 않으면 이 바닥에서 살아남을 수가 없습니다."

그는 슬쩍 최 반장에게 다가가면서 말소리를 조금 낮추었다. 그리고 은근한 투로 이야기했다.

"그중에 형님은 저한테 최고로 든든한 동아줄 같은 분인데, 제가 어떻게 형님한테 뒤빵을 놓겠습니까."

이명천은 은근한 투로 이야기했다. 그는 최 반장의 눈치를 살피더니 앓는 소리를 해댔다.

"섭섭합니다. 저 그런 놈 아닙니다, 형님!"

최 반장의 표정이 조금 변했다. 자신이 잘못 짚었다는 생각이 들어서였다. 하기야 조금만 생각해봐도 이명천이 그러지 않았을 것이라는 걸 알 수 있었다. 자신에게 사람을 보내서 이명천이 얻을 게 뭐가 있겠는가. 잘 돼도 좋을 게 없고, 잘못되면 자신이 가지고 있는 걸 모두 잃게 될 것이다. 그러니 이명천은 용의자에서 제외하는 게 맞았다.

최 반장의 표정이 변하는 걸 본 이명천의 얼굴이 확 밝아졌다. 그는 최 반장에게 슬쩍 다가오면서 이야기했다.

"근데, 이번에 대통령상 받으셨다면서요? 캬, 진짜 대단하십니다! 그렇잖아도 한번 모실라 그랬는데, 오신 김에 한잔하고 가시겠습니까?"

최 반장은 대답하지 않고 자리에서 일어섰다. 평소 같으면 절대로 하지 않았을 실수인데, 신경이 날카로워져서 말도 안 되는 일을 벌였다. 기분이 좋을 턱이 없었다. 하지만 이명천은 최 반장의 눈치를 보다가 조심스럽게 이야기했다.

"뭔가 골치 아픈 일이 있으시나 본데요, 그럴 때는 그저 이게 최곱니다."

이명천은 헤헤 웃으면서 다 알지 않느냐는 표정을 한 채 이야기했다. 손바닥을 살살 비비면서.

"방 하나 비워 드릴까요?"

이명천은 은근하게 권했지만, 최 반장은 아무런 말없이 방을 나갔다.

...

"일단 A팀은 21일 밤 공사장 출입구 인근부터 집중적으로 실시한다. 그리고 B팀은 범위를 넓혀서 그 날 밤 강남구 일대를 샅샅이 뒤진다."

오 형사가 작업 준비 중인 순경들 앞에서 수사 지시를 내렸다. 수사본부에는 자리마다 순경들이 자리를 잡고 있었는데, 오 형사는 순경들의 눈을 쳐다보면서 목소리에 힘을 주어 이야기했다.

"서울 31자 5387. 눈알이 빠지는 한이 있어도 찾아! 만약, 택시를 놓치는 놈은 그놈을 범인으로 간주한다. 알겠나?"

"네!"

순경들이 일제히 대답하고는 자리에 앉았다. 그리고 자리마다 CCTV 녹화 CD가 지역별로 나뉘어 배분되었다. 산더미처럼 쌓이는 CD. 십여 명의 순경들은 모니터에 코를 박고 CCTV 자료화면을 쳐다보았다.

정말로 순경들은 눈알이 빠질 정도로 모니터에 집중했는데, 추가로 수거되어 온 녹화 CD들이 수북이 쌓이자 한숨을 내쉬었다. 하지만 이내 다시 집중해서 모니터를 보기 시작했다. 방 안에서 그 모습을 내다보고 있는 최 반장은 점점 더 초조해졌다.

CCTV 화면을 찾다 보면 택시의 경로가 적나라하게 밝혀질 것이다. 그렇게 되면 결국 자신이 그 택시를 타게 되는 장면까지 나올 것이고. 그러니 어떻게든 그것만은 막아야 했다.

자신이 택시에 타는 장면이 드러난다는 건 자신이 택시기사를 죽였다는 사실이 밝혀지는 것과 마찬가지였다.

최 반장은 입술이 바짝바짝 마르는 걸 느꼈다. 그리고 무언가 행동을 해야겠다고 생각하는 순간, 누군가와 통화하던 오 형사가 최 반장 방으로 들어왔다.

"대장님, 국과순데요, 시신에서 뭔가가 나온 거 같은데요."

"그래?"

최 반장은 국과수로 이동하기 위해서 방에서 나갔다. 그러면서 수사본부 쪽을 힐끗 쳐다보았다. 자신이 국과수에 간 사이에 누군가가 화면을 찾아내면 어쩌나 하는 불안한 마음으로. 하지만 지금은 어쩔 방법이 없었다.

최 반장은 불안한 마음을 부여잡고 국과수로 향했다.

"직접적인 사인은 급성 폐색! 장내 과다 출혈로 기도가 막히면서…"

간부가 책상을 툭툭 두드리며 눈치를 주었다.

"잡설은 제외하고 본론만!"

"아, 예… 그렇죠. 본론만… 자, 본론은 바로 이겁니다."

국과수 간부의 말에 부검의가 들뜬 목소리로 설명했다. 부검의는 시신에서 채취한 내용을 과장해서 들어 보였다. 그런 부검의의 이야기를 듣고 있었고.

"결정적 단서! 피살자의 손톱 밑에서 채취한 범인의 피부 조직입니다!"

최 반장은 결정적인 단서라는 말에 흠칫 놀랐다. 목이 따끔한 느낌이 들었다. 갑자기 상처가 악화되었을 리는 없는 일이지만, 최 반장은 목 근처가 근지러워서 견딜 수가 없었다. 최 반장이 그렇게 불편해하는 동안에도 부검의의 말은 계속되었다.

"피살자는 범인과 격한 몸싸움을 했던 것으로 보입니다.

그 과정에서 긁힌 범인의 피부 조직이 고스란히 남아 있었던 거죠."

최 반장은 당시 상황이 떠올랐다. 설명과 증거를 보니 더욱 생생하게 생각이 났다. 기사가 자신의 목을 꽉 누르면서 죽이려고 했던 기억. 당시에는 상처가 있는지도 몰랐다. 집에 도착하고 나서야 상처가 있다는 걸 알고는 밴드를 붙였다.

"검사 결과, 택시에서 수거한 몇 개의 머리카락도 동일인의 것으로 보입니다. 용의 선상에 오른 사람이 있다면 시료만 보내주십시오. DNA 검사로 한 방에 끝낼 수 있습니다. 빼도 박도 못하는 증겁니다!"

부검의의 이야기를 들은 간부는 뿌듯한 표정으로 최 반장과 오 형사를 보면서 이야기했다.

"청장님 특별지시라 노심초사 했는데… 아무튼, 우리 쪽에서 할 일은 다 한 것 같습니다."

"범인과 싸우다가 입은 상처… 손이나 얼굴, 목 같은 데를 긁혔겠네요."

오 형사의 말에 최 반장은 목에 붙어 있는 밴드가 신경 쓰였다. 앞에 있는 사람들이 그 밴드는 무엇이냐고 묻기라도 한다면 당황해서 말실수할 것 같은 기분이 들었다. 그리고 실수를 하지 않더라도 사람들이 자신의 목에 상처가 있다는 사실을 안다는 것 자체가 싫었다.

최 반장은 자세를 슬그머니 바꾸었다. 목의 밴드가 잘 보이지 않는 방향으로 몸을 조금 튼 최 반장은 입을 열었다.

"고생들 하셨습니다. 이제 우리 쪽 일만 남은 거 같군요."

최 반장은 다소 상기된 표정으로 앞에 놓인 부검 자료를 바라보다가 자리에서 일어섰다. 조금이라도 빨리 수사본부로 가서 CCTV를 확인하는 작업이 어떻게 진행되었는지를 확인하고 싶었기 때문이었다.

그래서 부리나케 수사본부로 돌아왔고, 오자마자 분주하게 CCTV 확인 작업 중인 팀원들과 순경들 사이를 오가면서 얼마나 작업이 진척되었는지를 확인했다.

"찾은 것 좀 있어?"

조 형사가 머리를 긁적이면서 대답했다.

"아직은 발견하지 못했습니다. 죄송합니다. 하지만 다들 집중하고 있으니 조만간 발견할 수 있을 겁니다."

"어, 그래."

조 형사는 택시가 하늘에서 내려온 것이 아닌 이상 어딘가에는 찍혀 있을 것이라고 말했다. 최 반장은 그 말은 듣는 둥 마는 둥 하면서 자신의 방으로 들어왔다. 그리고 가슴을 쓸어내렸다. 아직 발견되지 않았다는 걸 천만다행이라고 생각하면서.

하지만 그런 생각은 오래가지 않았다. 얼마 후, 한 순경이
손을 번쩍 치켜들면서 소리쳤다.

"찾았습니다!"

사람들의 시선이 일제히 손을 든 순경에게로 향했다.

"어디? 어디야?"

사람들이 순식간에 순경 주위로 모여들었다. 그리고 모니
터에 보이는 화면을 확인했다. 모니터에는 공사장 입구로 들
어가는 택시 모습이 선명하게 나와 있었다. 다소 흥분한 오
형사가 모니터를 보면서 시간과 진입 방향을 확인했다.

"2시 05분, 대치동 쪽에서 진입했으니까, 시간하고 방향을
그쪽으로 좁혀서 계속 따라가봐."

오 형사의 말에 동재가 커다란 지도 위에 택시 위치와 시
각을 표시했다. 갑자기 사람들의 움직임이 부산해졌다. 일단
하나가 확인되면 수사에 속도가 붙는다.

지금까지는 언제 어디서 차가 나타날지 모르니 계속해서
모니터를 보면서 찾고 있는 택시가 지나가는지를 확인해야
했다. 하지만 이제부터는 아니다. 공사장에서 가까운 곳의
CCTV는 공사장에 진입한 시간대 바로 전 시간부터 확인하

면 된다.

그런 걸 알고 있기에 활발하게 작업하는 팀원들과 순경들. 얼마 후, 다시 한 순경이 손을 들고 소리쳤다. 사람들이 모여들어 확인했고, 택시의 위치가 지도 위에 표시되었다.

다시 작업하는 순경들. 얼마 후 또 다른 순경이 택시를 발견했고, 그 위치와 시간이 지도 위에 표시되었다. 지도 위에는 점점 더 많은 표시가 생겨났고, 처음에는 점이었던 택시의 위치가 점점 선으로 이어지기 시작했다.

그렇게 택시의 이동 경로가 점차 구체화되기 시작하자 수사본부의 분위기는 화끈 달아올랐다. 아무것도 없이 모니터만 들여다보고 있을 때는 정말 지루하기 짝이 없는 작업이다. 무슨 신이 나겠는가. 자동차가 지나가는 화면만 쳐다보고 있는데.

하지만 뒤쫓는 차량의 위치가 하나둘 발견되고 점점 윤곽이 드러나자 작업을 하는 사람들도 신이 날 수밖에.

그렇게 조금만 더 하면 모든 것이 드러나겠다고 생각하고 있을 때, 갑자기 구석 쪽에 있던 순경 하나가 놀란 목소리로 소리쳤다.

"오 형사님! 이것 좀 보십시오!"

오 형사와 팀원들이 일제히 그 순경이 있는 곳으로 달려 갔다.

"이거…"

순경은 화면을 가리켰고, 사람들은 모두 모니터를 쳐다보 았다. 그리고 심각한 표정이 되었다.

"반장님 어디 계셔?"

오 형사가 이야기하자 동재가 바로 대답했다.

"지금 반장님 방에 계십니다."

"그래? 빨리 가자."

굳은 표정의 오 형사와 동재, 그리고 팀원들이 움직이기 시작했다. 그들은 최 반장 방 앞으로 몰려들었다.

콰당…!

문이 열리더니 오 형사와 팀원들이 몰려 들어왔다. 최 반 장은 놀라서 그들을 보았는데, 팀원들 사이로 오 형사가 최 반장을 안쓰럽게 보다가 말했다.

"대체 왜 그러셨습니까?"

최 반장은 직감적으로 알 수 있었다. 모든 것이 밝혀졌다 는 것을. 최 반장은 놀라서 주춤주춤 뒤로 물러섰다. 그런 최 반장을 보면서 동재가 원망스러운 표정으로 말했다.

"실망입니다. 대장님을 정말로 존경했는데…"

"살인범한테 존경은 무슨 존경이야 씨발! 당신을 살인혐의로 체포한다, 손들어!"

조 형사가 소리치며 권총을 빼 들었다. 최 반장은 구석에 몰려서 어쩔 줄을 몰라 했는데, 팀원들이 무서운 기세로 다가왔다. 그리고 오 형사가 수갑을 꺼내며 미란다원칙을 고지했다.

"당신을 살인 혐의로 체포합니다. 당신은 변호사를 선임할 수 있고…"

"저기, 아니야. 아니라고…"

최 반장은 이러지 말라면서 반항했지만, 오 형사는 힘으로 최 반장을 제압하더니 손에 철컥하고 수갑을 채웠다.

"으허헉…"

최 반장은 신음 소리를 내면서 잠에서 깼다. 너무 놀라서 아직도 가슴이 심하게 요동치고 있었다. 깨고 나서 꿈이라는 걸 알게 되었지만, 그래도 쉽사리 진정이 되지 않았다. 너무나도 생생해서 방금 겪은 일 같았기 때문이었다.

최 반장은 잠시 심호흡을 하고 나서야 간신히 마음을 추스를 수 있었는데, 갑자기 들리는 노크 소리에 또다시 심장이 벌렁거렸다.

똑똑똑…

정말 아무것도 아닌 소리였다. 늘 듣던 노크 소리. 하지만 꿈을 꾸고 난 직후여서 그런지 심장은 또다시 심하게 요동쳤다.

"어어, 그래…"

들어오라는 말을 하자 오 형사가 다른 팀원들과 함께 들어와서는 심각한 표정으로 이야기했다.

"형님, 잠깐 보셔야 할 게 있는데요."

무슨 일인가 싶어서 최 반장은 자리에서 일어나서 수사본부로 향했다. 걸어가면서 슬쩍 팀원들의 눈치를 살폈는데, 하나같이 무언가 심상치 않은 표정이었다. 가뜩이나 꿈까지 꾼 터라 심장이 펄떡거리는 최 반장은 팀원들의 표정이 심상치 않자 더욱 긴장했다.

수사본부에 가자 흥분된 표정의 오 형사와 팀원들이 지금까지 확인된 CCTV 내용과 지도 위에 표시된 택시 이동 경로를 최 반장에게 설명했다.

"택시가 공사장에 진입한 시각부터 이동 경로를 역으로 따라가고 있는 중인데요, 학여울 사거리, 구룡터널 사거리를 거쳐서 우면산 방향에서 오고 있다는 것까지 확인된 상탭니다. 운전자 혼자 이동 중입니다."

오 형사는 이동 경로를 손가락으로 짚으면서 이야기했다. 최 반장은 편한 마음으로 지그시 지도를 응시했다. 우면산에서 공사장으로 오는 것은 자신과는 관련 없는 일이다. 그러니 편하게 들을 수 있었다.

"그리고 이건, 그날 밤 10시 10분 반포 쪽에서 발견된 내용인데요, 이때는 택시가 우면산으로 향하고 있습니다. 그런데 재미있는 게 있습니다!"

최 반장은 가슴이 덜컥 내려앉는 것 같았다. 우려했던 상황이 벌어졌기 때문이었다. 바뀐 화면만 보았는데도 어떤 내용을 이야기할지 알 수 있었다. 바로 눈앞에 보이는 택시 뒷좌석에 누군가 앉아있는 게 보였기 때문이었다.

그게 누구겠는가. 바로 자신이었다. CCTV상으로는 누군지 알 수 없지만, 최 반장 자신은 알고 있었다. 저 사람이 바로 자신이라는 사실을. 사실 최 반장은 CCTV를 확인하더라도 누가 시체를 가져왔는지에 초점을 맞추어 수사를 진행하려고 했다. 그게 타당하지 않겠는가.

시체를 가져다가 타워크레인에 걸어 놓은 사람이 진범이라고 누구나 생각할 테니까 말이다. 그래서 가능하면 그런 방향으로 확인하려고 했다. 거기에 초점이 맞추어지면 우면산에 도착하기 전 내용은 굳이 찾지 않아도 되는 거였으니까.

하지만 그렇게 손을 쓰기도 전에 일이 터져버렸다. 최 반장은 애써 긴장한 티를 숨기면서 이야기를 들었는데, 오 형사는 말을 계속했다.

"그런데 말입니다. 보십시오, 우면산 쪽으로 향하는 택시 뒷좌석에는 승객으로 보이는 누군가가 타고 있습니다!"

최 반장은 물끄러미 화면을 보았다. 희미하게 찍힌 택시의 뒷좌석. 선명하지는 않지만, 누군가 타고 있는 게 확실하게 보였다.

"이게 얼굴을 확인할 수가 없어서 좀 그런데요. 우면산 어딘가로 두 명이 들어가서 한 명이 나왔다면, 답은 나온 거 아니겠습니까? 같이 타고 있었던 사람이 범인이 분명합니다!"

최 반장은 그렇지 않을 수도 있다고 말하고 싶었다. 그냥 손님일 수도 있으니 그것보다는 택시를 몰고 공사장에 온 사람이 누구인지 찾는 편이 더 좋을 것 같다고 말이다. 하지만 그걸 입 밖으로 내뱉을 수는 없었다.

"우면산에서 공사장으로 향하는 택시 행적은 아직 중간중간 공백이 있어서, 다른 경유지가 있는지 계속 확인하는 중이고요, 나머지는 전부 이쪽에 붙어 있습니다."

오 형사가 이야기를 했지만, 최 반장의 귀에는 들어오지 않았다. 그것보다는 어떻게 하면 이 상황을 벗어날 수 있을까 그 생각만이 머리에서 맴돌았다.

물론 최 반장도 알고 있었다. 범인으로 생각할 수 있는 용의자가 나왔으니 이런 식으로 집중해서 확인한다는 사실을. 하지만 이렇게 가다 보면 얼마 지나지 않아 자신이 택시에 타는 모습이 나올 것이다.

"우면산으로 향하는 택시 이동 경로. 이걸 역으로 계속 따라간다면, 분명 택시에 탑승하는 범인 모습을 잡을 수 있을 겁니다."

오 형사는 드디어 범인을 잡을 수 있게 되었다고 확신하는 듯 자신감에 찬 얼굴로 이야기했다. 하지만 그럴수록 최 반장이 느끼는 긴장감은 더해졌다. 하지만 그는 그 방향으로 수사를 진행하라고 말할 수밖에 없었다.

뭘 어쩌겠는가. 이런 상황에서 다른 방향으로 수사하라고 했다가는 대번에 의심을 받게 될 것이다. 그러니 뭐가 어떻게 되든 간에 일단은 그렇게 수사하라고 말할 수밖에 없는 상황이었다.

하지만 바로 그렇게 입이 떨어지지 않았다. 최 반장은 자리에 앉아서 우면산으로 향하는 택시 이동 경로가 표시된 지도를 쳐다보았다. 이미 확인된 곳에는 테이프가 붙어 있었는데, 테이프가 붙어있는 곳에서 그날 밤 자신이 택시를 탔던 장소까지는 얼마 남지 않았다.

최 반장은 주변을 둘러보았다. 수사본부 안쪽에서는 이미 의경이 분주히 작업 중이었다. 아마도 이 상태로 간다면 조만간 자신이 택시에 타는 모습이 발견될 것이다. 최 반장은 억지로 표정을 감추고 물었다.

"혹시, CCTV가 없거나 화질이 나빠서 식별이 곤란한 데는 없나?"

"뭐, 장소마다 조금씩 다르긴 한데요. 아시잖습니까? 요즘 CCTV 없는 데가 어디 있습니까. 그리고 성능도 좋고요. 그러니 걱정하지 않으셔도 좋을 것 같습니다."

오 형사는 확신에 찬 목소리로 대답했다. 범인을 거의 잡은 거나 마찬가지라는 듯이. 기대에 찬 팀원들과는 달리, 최 반장은 심장이 욱신거리는 느낌을 받았다. 최 반장은 그대로 진행하라고 하고는 밖으로 나왔다.

그리고 회식을 했던 노래주점으로 향했다. 혹시나 하는 마음이었다. CCTV가 많기는 하지만, 모든 지역을 커버하는 건 아니다. 그러니 혹시 자신이 택시에 타는 모습이 찍히지 않았을 수도 있다는 그런 생각을 한 것이다.

그래서 확인해야 했다. 노래주점 앞에 CCTV가 있는지. 그리고 차를 타고 가는 내내 제발 CCTV가 없기를 바랐다. 타

는 장면만 찍히지 않았다면 택시에 탄 사람이 자신이라는
건 아무도 모를 것이다.

뒷좌석에 탄 사람의 얼굴을 어떻게 알겠는가. 그러니
CCTV만 없으면 어떻게든 이 상황을 모면할 수 있다고 생각
했다. 택시에서 내린 최 반장은 노래주점 근처로 걸어갔다.
그리고 근처에 CCTV가 있는지 확인했다.

"아!"

탄식이 절로 나왔다. 노래주점 바로 앞 신호등. 그 위에
CCTV가 있었다. 그것도 아주 신형이었다. 최 반장이 CCTV
를 쳐다보고 있는데, 갑자기 CCTV가 최 반장을 향해서 움
직였다. 마치 이곳에 온 것을 환영이라도 한다는 듯. 그리고
전에 본 적이 있지 않으냐고 말하는 것 같이.

최 반장은 반짝이는 신형 CCTV를 보면서 인상을 찡그렸
다. 이제는 더 기대할 게 없었다. 분명히 자신이 택시에 타는
장면이 찍혔을 것이다. 저 신형 CCTV가 아니라 구형이라 화
질이 좋지 않아도 마찬가지였다.

그날 회식자리에 있었던 사람들이라면 누구나 그것이 최
반장이라는 걸 알 수 있을 테니까. 그러니 더는 도망칠 곳이
없었다. 막다른 곳에 몰린다는 게 이런 느낌이라는 걸 최 반
장은 확실하게 알 수 있었다.

'어떻게 하지? 어떻게…'

이대로 있다가는 꼼짝없이 자신은 파멸하게 된다. 최 반장은 목이 말라오는 것을 느꼈다. 하지만 한가롭게 물이나 마시고 있을 수는 없었다. 최 반장은 곧바로 경찰서로 돌아왔다.

수사본부에 급히 들어온 최 반장은 택시의 동선이 어디까지 확인되었는지부터 먼저 알아보았다. 다행스럽게도 아직 자신이 택시를 탔던 곳까지는 확인되지 않았다. 최 반장은 남몰래 한숨을 내쉬고는 여전히 바쁘게 확인작업을 하는 순경들과 팀원들을 바라보았다.

그리고 이 상황을 타개할 방법을 떠올렸다. 최 반장은 있는 대로 머리를 굴려 보았지만, 생각이 잘 떠오르지 않았다. 급하다는 생각을 해서인지 오히려 머리가 더 안 돌아간다는 느낌마저 들었다. 그러다가 반짝하고 떠오르는 게 있었다.

최 반장은 우선 CCTV 위치와 고유번호들이 상세히 표시된 지도에서 자신이 택시를 탔었던 위치의 CCTV 번호를 확인했다.

"잘 되고 있나?"

"예!"

최 반장은 작업에 바쁜 순경들 사이를 오가면서 어색하지 않게 말을 걸었다. 그렇게 작업이 잘 되는지를 살피는 것처럼 하면서 최 반장은 자신의 모습이 찍힌 CD를 가지고 있는 사람이 누구인지 확인하려고 CD 라벨을 살폈다.

'아니고… 아니고…'

천천히 걸음을 옮기면서 살피던 최 반장의 눈에 아까부터 찾던 CD가 들어왔다. 자신의 모습이 찍힌 CCTV 화면이 들어있는 CD. 시간대를 보니 가장 위에 올라와 있는 CD가 바로 자신이 택시에 탔던 시각이었다.

지금 화면을 확인하고 나면 바로 그 CD를 확인할 것이다. 마음이 조급해진 최 반장은 CD 근처에 슬그머니 앉았다. 그리고 주위를 둘러보았다. 자기 일에 열중하고 있는 사람들. 최 반장은 모니터를 뚫어지라 보고 있는 순경을 다독였다.

"구석구석 놓치지 말고 꼼꼼히 확인해."

"예, 알겠습니다."

그렇게 말하면서 슬그머니 CD를 향해 손을 뻗었다. 다른 손으로는 화면을 가리키면서 순경과 이야기를 했지만, 최 반장의 모든 신경은 CD를 집으려고 하는 다른 손에 집중되어 있었다.

옆에 있는 순경과 말을 하고는 있었지만, 지금 무슨 말을 하는지도 알지 못했다. 그냥 되는 대로 입에서 나오는 대로 지껄이고 있었다. 아마 순경도 조금 이상하다고 생각할지 몰랐다. 최 반장이 조금 횡설수설하는 것처럼 느껴질 수도 있었으니까.

하지만 상관이 이야기하는 걸 뭐라고 할 수야 있겠는가. 그저 고개를 끄덕이거나 조용히 듣고만 있어야지. 최 반장은 다른 사람에게는 방해되지 않게 아주 작은 소리로 속삭이듯 이야기했다. 그렇게 최 반장은 주위의 이목을 끌지 않고 자연스럽게 상황에 녹아들었다.

그리고 손을 더듬어서 자신이 원하는 CD를 잡았다. 처음에는 보지 않고 CD를 잡으려고 하니 자꾸만 엉뚱한 곳을 만지게 되었다. 그리고 만약 다른 CD를 잡기라도 한다면 낭패가 아니겠는가. 그래서 이야기를 하다가 슬쩍 CD를 확인했다.

그리고 재빨리 주변을 살폈다. 자신이 이런 행동을 했다는 걸 본 사람은 없는지 말이다. 하지만 아무도 자신에게는 관심을 두지 않고 있었다. 최 반장은 CD를 손가락으로 잡고는 천천히 들어 올렸다.

그것도 달그락거리는 소리라도 나면 다들 자신을 쳐다볼까 싶어서 극도로 조심하면서 CD를 잡은 손을 움직였다. 아주 천천히. 최대한 소리를 내지 않으려고 조심하면서.

너무 긴장해서인지 손가락에 쥐가 나려고 했다. 하지만 CD를 떨어뜨리기라도 했다가는 상상하기도 싫은 일이 벌어질 터. 최 반장은 이를 악물었다. 그리고 조금씩 손을 끌어 올려 자켓의 주머니 근처까지 CD를 가지고 왔다.

최 반장은 CD를 양복 윗도리의 안주머니에 넣으려고 했다. 아무도 모르게 손이 양복 안으로 들어가려 했다. 모든 것이 끝났다고 생각하는 순간,

"찾았습니다!"

바로 맞은편 모니터 앞에서 동재가 불쑥 몸을 일으키며 소리쳤다. 찾았다고 소리치는 거야 문제가 될 게 없었다. 시선이 향하더라도 동재에게 향할 테니까 문제는 동재가 최 반장의 맞은 편에 있다는 점, 그리고 말을 하면서 몸을 불쑥 일으켰다는 점이었다.

최 반장은 동재와 눈이 마주쳤다. 그 순간 최 반장은 CD를 잡은 손을 놓았고, CD는 주머니 속으로 쏙 들어갔다. 최 반장은 혼란스러웠다. 동재가 자신이 무얼 했는지 본 것 같기도 했고, 보지 못한 것 같기도 했기 때문이었다.

찰나의 순간 최 반장을 쳐다보던 동재는 이내 자기 앞의 모니터를 가리키며 흥분해서 계속 소리쳤다.

"우면산에서 공사장으로 향하는 길목의 주택가 방범용 CCTV 내용인데요, 범인 모습이 분명합니다!"

범인이라는 말에 사람들이 동재의 모니터 앞으로 몰려들

었다. 최 반장도 급히 움직였다.

'주택가? 주점 앞이 아니라?'

사람들이 모이자 동재는 화면을 뒤로 돌리고 다시 플레이 시켰다. 모니터에는 선명하게 찍힌 CCTV 화면 내용이 플레이 되었다. 택시가 화면으로 들어와 어느 집 앞에 정차하고, 운전석에서 한 남자가 내려 집으로 들어갔다.

잠시 후, 굵은 밧줄을 메고 다시 나온 남자는 두리번거리더니 밧줄을 내려놓고 장갑을 꼈다. 동재는 그것이 타워크레인에 시체를 매달았던 밧줄, 그리고 택시에 버려졌던 가죽장갑 같다고 이야기했다.

"차 번호 틀림없지?"

"맞아. 서울 31자 5387. 맞잖아."

형사들이 그렇게 이야기하는 동안에도 화면은 계속 재생되었다. 남자가 뒤쪽으로 가서 택시 트렁크를 열었는데, 램프가 켜지면서 보이는 트렁크 안쪽에는 구부정하게 접혀서 실려 있는 시체가 희미하게 보였다.

"저거 시체 맞지?"

"그런 것 같은데?"

사람들은 웅성거렸다. 그리고 그런 웅성거림은 남자가 시체 위에다 밧줄을 던져 넣고 다시 트렁크를 닫고 출발하자 더욱 커졌다.

"잡았습니다, 반장님."

오 형사가 조금 흥분한 목소리로 이야기했고, 최 반장은 천천히 고개를 끄덕였다. 최 반장은 무표정한 얼굴이었지만, 속으로는 고래고래 소리를 지르고 있었다. 이제 된 거라고 말이다. 오 형사가 사람들에게 소리쳤다.

"다들 다른 작업 멈추고, 여기 이후 경로 확인에 집중한다. 알았나?"

"예, 알겠습니다."

오 형사는 다시 작업을 배분했다. 범인의 모습을 잡았으니 이제는 우면산으로 향하는 건 볼 필요가 없었다. 범인이 사는 곳까지 확인이 되었으니까. 택시가 중간에 혹시라도 다른 곳에 들르지는 않았는지, 다른 사람과 접촉하지는 않았는지 정도만 확인하면 되는 거였다.

작업 배분은 곧 끝났고, 사람들이 다시 바쁘게 움직이기 시작했다. 그리고 행적은 쉽게 확인되었다. CCTV 화면을 보던 사람들이 이내 손을 들고 이야기하기 시작했고, 그럴 때마다 지도에 선이 점점 늘어났다.

얼마 지나지 않아 마지막으로 택시가 공사장으로 들어가

는 모습까지 모든 화면을 전부 찾았다.

"오케이. 자, 이거 따로 연결해서 만들어."

택시의 모습이 찍힌 CD가 한 사람에게 전달되고, 그 사람은 영상을 짜깁기했다. 무척이나 빠른 손놀림. 영상 작업이 마무리된 걸 확인하고 오 형사가 최 반장에게 이야기했다.

"오시라고 해야겠죠?"

최 반장은 고개를 끄덕였고, 잠시 후 서장과 간부들이 우르르 몰려왔다. 그들은 흥분한 기색으로 영상을 확인했다. 영상은 남자가 집에서 나와 밧줄을 시체 위에 던지는 것부터 시작되어 공사장에 도착한 부분까지 이어졌다.

다들 영상을 보면서 고개를 끄덕였다. 누가 보더라도 화면에 나온 사람이 범인이라고 생각할 수밖에 없었다. 서장은 한껏 고무된 표정으로 고개를 크게 끄덕이더니 들뜬 목소리로 말했다.

"오케이, 생각보다 빨리 끝나겠네. 좋았어! 당장 잡아들여!"

다들 범인을 잡으러 갈 준비를 하는데 벌써 표정부터 달랐다. 전에는 피곤하고 지친 표정에 걱정스럽다는 느낌이 얼굴에 나타나 있었는데, 지금은 활기가 넘치고 기쁜 표정이었다. 하지만 단 한 사람, 최 반장도 사람들과 같이 출동

했는데, 그만은 다른 사람들과는 달리 조금 굳은 표정이었다. 그가 잡히더라도 문제가 완전히 해결되는 건 아니기 때문이었다.

경찰서 주차장으로 간 형사들은 무장을 한 뒤 여러 대의 차에 나눠 타고 출발했다. 그 뒤로 다른 경찰 차량도 줄줄이 뒤따랐고. 최 반장은 동재가 운전하는 차에 타고 있었는데, 유난히 다른 사람보다 생각이 많아 보였다. 최 반장의 표정은 차를 타고 가는 내내 변하지 않았다.

• • •

평범한 주택가 거리, 산동네라면 어디서나 볼 수 있을 법한 그런 거리였다. 40대 초반의 어떤 남자가 슈퍼에서 건들거리며 걸어 나왔는데, 그의 앞으로 형사들이 탄 승용차와 봉고가 빠르게 지나갔다.

휙휙 지나가는 자동차들을 바라보던 남자는 바짝 긴장했다. 자신을 잡으러 온 것 같다는 생각이 들어서였다. 남자는 지나가는 봉고와 자동차를 보내고는 지나가려는데, 그때 또 한 대의 승용차가 달려왔다. 동재가 운전하는 자동차였는데, 최 반장과 오 형사, 조 형사가 동승해 있었다.

동재는 엉거주춤하게 길을 막고 서있는 남자에게 비키라는 듯 빵빵거렸다. 남자는 주춤거리면서 비켜섰고, 동재는 다시 출발하려 했다. 하지만 남자와 눈이 마주쳤고, 남자는 황급히 고개를 돌렸다. 그 모습을 자세히 살피던 동재는 갑자기 남자를 향해 손가락질하면서 외쳤다.

"저놈입니다!"

남자는 그 소리를 듣더니 주춤주춤 뒤로 물러서다가 물건을 내팽개치고 뒤돌아 달리기 시작했다. 긴장한 동재가 차에서 내려 그의 뒤를 쫓았고, 최 반장과 오 형사, 조 형사도 말을 듣자마자 차에서 뛰어내렸다.

생각하고 한 행동이 아니라 반사적인 행동이었다. 범인이라는 말에 몸이 자연스럽게 반응한 것이다. 범인과의 추격전이 일상인 강력반 형사들의 모습. 형사들은 이미 저만치 골목 안쪽으로 도망치고 있는 남자를 추격하기 시작했다.

잠시의 망설임도 없이 바로 남자의 뒤를 쫓는 형사들. 주택가 골목에서 도망치는 남자와 그를 따르는 최 반장 일행의 추격전이 이어졌다. 가장 먼저 뛰어나간 동재가 빠른 속도로 남자와의 거리를 좁혔고, 그 뒤로 최 반장과 조 형사, 그리고 오 형사가 뒤따랐다.

마음이 급한 남자는 어두운 골목 곳곳을 누비며 자꾸만

복잡한 곳으로 꼬부라져 들어갔다. 어느새 시야에서 남자를 놓친 동재. 골목 입구에 다다라서 보게 된 건 여러 개의 갈림길이었다. 어디로 갈지 몰라 난감한 표정이 된 동재가 주춤거리는 사이 다른 일행들이 도착했다.

결국, 각기 흩어져서 남자를 찾기로 하고는 각자 골목을 하나씩 맡아서 움직이기 시작했다. 골목 안쪽을 이리저리 달리는 동재, 그러나 남자는 보이지 않았다. 다른 골목의 조 형사, 또 다른 곳의 오 형사도 마찬가지였다.

같은 시각, 어느 골목을 달려가는 최 반장은 다시 갈림길을 만났다. 두리번거리는데, 저만치 어둠 속에서 달아나는 남자가 보였다. 죽을 힘을 다해서 내달리는 두 사람. 두 사람 사이의 추격전이 긴박하게 이어졌다.

얼마 후, 죽어라고 도망치던 남자가 어느 모퉁이를 돌아 막다른 길을 만났다. 울상의 남자가 다시 뒤돌아 달리는데, 최 반장이 길을 막고 달려왔다. 어느새 총을 꺼내 들고 다가서는 최 반장. 놀란 남자가 어쩔 줄 몰라 하며 횡설수설했다.

"…나는 안 죽었어, 씨발…! 그놈이 가르쳐준 곳에 가니까 이미 죽어 있었다고!"

최 반장도 알고 있는 사실이다.

"나는 그놈이 시키는 대로 했을 뿐이야! 진짜로 실어다 매달기만 했다고!"

짧은 순간 상황을 파악한 최 반장이 다급히 물었다.

"그놈이 누구야?!"

이정훈은 약 기운이 남아있는지 행동이나 말하는 게 조금 이상했다. 울상을 하더니 갑자기 고개를 마구 저으면서 말했다.

"…날 죽일지도 몰라요. 무서운 놈… 그놈이 날 이렇게 만들었어, 씨바…"

하지만 그건 최 반장이 듣고 싶은 대답이 아니었다. 최 반장은 으르렁거리며 물었다. 전보다는 조금 더 강하고 위압적으로.

"그놈이 누구야?"

시간이 없었다. 그 사실을 다른 사람 모르게 확인할 수 있는 건 지금밖에 없으니까. 다른 형사들이 언제 이곳으로 올지 모른다. 하지만 남자는 여전히 횡설수설하고 있었다. 최 반장은 버럭 소리를 질렀다.

"그 새끼가 누구냐니까?"

남자는 잠깐 멍하게 최 반장을 쳐다보더니 다시 공격적인 느낌으로 돌변해 소리쳤다.

"총 치우고 저리 비켜, 이 씨발 짭새야! 왜 갑자기 이놈 저놈 나타나서 괴롭히고 지랄이야! 나는 진짜로 안 죽었다니까…"

그때, 최 반장을 찾는 팀원들의 무전 소리가 들려왔다. 어느새 땀에 흠뻑 젖은 최 반장.

- 치이익. 야, 누구 찾은 사람 있어?

여기저기서 없다고 이야기했다.

- 반장님, 반장님은 어디 계셔?

그 소리를 들으면서 최 반장은 슬며시 무전기의 스위치를 꺼버렸다. 그 모습에 이정훈은 잔뜩 긴장했다. 긴장한 건 최 반장도 마찬가지. 그는 숨죽인 채 권총을 앞세우고 이정훈을 노려보았다.

어둠 속에 번득이는 그의 눈빛에 수많은 갈등이 스치고 지나갔다. 그러다 뭔가를 결심한 듯 권총을 다시 말아 쥐는 최 반장. 그의 두 눈에 묘한 살기가 흐르기 시작했다.

그 느낌을 알아챈 이정훈이 겁에 질려 서서히 뒷걸음질 쳤다. 그러다가 허겁지겁 뒤돌아 담벼락 위로 매달려 오르다 넘어졌다. 최 반장이 다가가자 위협을 느낀 이정훈이 바닥에서 날카로운 흉기를 집어 들고 덤비는 순간,

탕…!

최 반장의 권총이 불을 뿜고, 총에 맞은 남자가 풀썩 쓰러졌다. 이정훈은 여지없이 숨을 거뒀다. 그제야 자기 행동에 놀란 듯 넋이 나간 표정이 되는 최 반장. 떨리는 호흡과 함께 멍한 표정으로 죽은 남자와 자기 손에 들려진 권총을 번갈아 바라보았다.

얼마 후, 여전히 멍한 표정으로 천천히 돌아서는데, 골목 어귀에 서 있는 동재를 발견하고 흠칫 놀랐다. 언제부터 보고 있었는지, 놀란 표정으로 숨을 참고 서 있는 동재가 최 반장과 눈이 마주쳤다.

서로 뭐라 말은 없지만 두 사람 사이에 이상한 기류가 흘렀다. 그때 오 형사와 다른 팀원들이 속속 달려오기 시작했다.

조작

"이정훈, 무직에 가족은 없습니다. 먼저 죽은 정지수와 마찬가지로 마약 전과가 두 차례 있고, 팔 년 전에는 정신 병력이 확인되었습니다."

서장과 간부들이 지켜보는 가운데, 죽은 사람의 신상정보와 사고 경위를 보고하는 중이었다. 최 반장과 팀원들이 모두 참석해 있었는데, 오 형사가 사진들을 보여주자 사람들은 모두 눈살을 찌푸렸다.

"보시다시피 집안 분위기로 보나, 한 행동으로 보나, 전형적인 사이코로 보여 집니다."

음산한 분위기의 집안 사진을 넘기면서 오 형사는 계속

이야기했다.

"휴대전화 통화기록상으로는, 두 사람이 서로 직접적인 연락은 없었던 걸로 보입니다."

오 형사가 이야기하자 화면이 바뀌고 핸드폰을 추적한 내역이 쭉 떴는데, 중요한 부분에는 붉은색으로 밑줄이나 동그라미가 쳐져 있었다.

"공통적으로 등장하는 번호가 하나 있긴 한데, 조회 결과 3년 전 미래엔터테인먼트라는 연예기획사에서 매니저를 했던 사람 명의로 개설된 대포 폰이라 더 이상 추적은 불가능했습니다."

보고를 듣던 서장이 무거운 표정으로 앉아 있는 최 반장에게 질문했다.

"어떻게 된 거야? 아무리 도망가는 놈이라도 그렇지, 그렇게 한 방에 보내면 어떡하나?"

총을 쏴서 사람을 죽였다는 사실을 질책한다기보다는 다독이는 느낌이랄까. 딱히 콕 집어서 표현하기는 어려웠지만, 분명히 추궁하는 그런 어조는 아니었다. 오히려 감싸려는 듯한 그런 느낌을 모두가 받았다. 최 반장은 초췌한 모습으로 대답 없이 앉아있었다.

"이놈이 용의자건 범인이건, 어쨌거나 사람이 죽었어. 총기

사용 적부심에 증인이 필요할 텐데 누가 나설 거야?"

서장이 좌중을 둘러보았는데, 최 반장이 힘겹게 입을 열었다.

"제가 모든 책임을 지고…"

그 순간 오 형사가 말을 끊었다.

"제가 바로 뒤따라 들어가면서 봤는데 말입니다. 야간인데다 거리도 있고 저항이 워낙 심해서 달리 방법이 없었습니다."

조 형사도 뒤따라 손을 들었다.

"예, 저도 봤는데 어쩔 수 없는 상황이었습니다."

"예, 저도…"

박 형사까지 나서자 서장은 고개를 끄덕였다. 대충 기대했던 수순이었기 때문이었다. 이런 그림을 원했다. 같은 식구이니 당연히 이래야 한다고 생각하고 있었고, 흐뭇해진 서장은 부드러운 말투로 이야기했다.

"어이구, 자기네 대장이라고 싸고도는 거 봐라. 여하튼 뒷말 나오지 않게 알아서들 잘 처리해."

그런 말들이 오고 가는 동안, 끝자리의 동재는 내내 고개를 숙인 채 조용히 앉아있었다. 잠시 후, 서장이 다시 말을 이었다.

"사실 난, 이정훈이 이놈이 죽든 살든 관심 없어. 이놈이 범인이냐 아니냐, 그게 중요해!"

서장은 사람들을 둘러보면서 말을 이었다.

"야밤에 주택가에서 총소리 나고, 시체 실려 나가고… 아래층에 봤지? 기자 놈들이 몰려와서 무슨 일이냐고 난리야 난리! 이놈 이거, 범인 확실한 거지?"

최 반장은 아무런 말도 하지 않고 묵묵히 앉아 있었다. 오 형사가 그런 최 반장과 서장의 눈치를 보다가 대신해 대답했다.

"보시면 아시겠지만, 마약 전과에다가 정신 병력까지 있는 놈입니다. 게다가 두 사람 다 사건 당일 환각 상태였던 거로 보입니다. 혈액에서 메토폰이라는 마약 성분이…"

"잠깐. 메토폰? 뭐야 그게?"

서장은 가볍게 손을 들어서 이야기를 제지하고는 물었다.

"모르핀에서 직접 추출하는 마약이라는데, 국과수 쪽 얘기로는 중독성이 너무 강해서 요즘은 수요가 거의 없는 약이랍니다. 그러다 보니 구하기가 더 힘들었을 겁니다."

"그래서 그 약 때문에 서로 싸우다가 죽었다?"

서장은 오 형사를 쳐다보면서 물었다.

"예. 약쟁이들이 어떤지 아시지 않습니까. 걔들한테 그거보다 더 확실한 게 뭐가 있겠습니까? 약 없으면 미쳐버리는 놈들인데요. 그거면 확실한 범행 동깁니다."

오 형사는 잠시 최 반장을 보다가 계속해서 이야기했다.

"게다가 어젯밤 상황에 대한 최 반장님 진술대로, 우면산 공원에서 싸움 도중 우발적으로 죽였다는 자백도 있었습니다. 이후 범행 과정은 CCTV 자료면 충분할 거 같고요."

"흠…"

서장은 만족스럽다는 표정이었다. 이 정도면 얼추 그림이 맞춰진다고 보였기 때문이었다. 동기도 분명했고, 자백도 있었다. 게다가 CCTV 자료까지. 이 정도면 이정훈이 진범이라고 봐도 문제가 없을 듯했다. 오 형사는 말을 이었다.

"한 가지 더 확실히 한다면, 죽은 기사의 손톱에서 나온 피부조직인데, DNA검사로 그게 이정훈이 것이라는 결론만 첨부된다면 끝날 거 같습니다. 이미 국과수에서 확인 작업이 진행 중인데, 내일이면 나옵니다."

이야기를 듣고 난 서장은 옆의 간부들에게 고개를 돌렸다. 동의하느냐는 그런 시선. 간부들도 모두 고개를 끄덕였다. 서장은 만족스러운 표정으로 이야기했다.

"오케이. 이렇게 되면 얼추 마무리가 된 건가? 그러면 자료는 기자실에 가져다 놔. 바로 발표해야 하니까."

"예, 알겠습니다."

서장은 기자실 이야기를 하고는 급격하게 기분이 나빠졌는지 고개를 저으면서 혀를 찼다. 그리고 주위를 둘러보면서 조금 짜증스럽다는 목소리로 이야기했다.

"하여간 기자들 때문에 못살겠다니까."

서장은 기자들이 그동안 얼마나 자신을 짜증스럽게 했는지를 이야기하면서 투덜거리기 시작했다. 경찰 수사하는 데 방해만 한다면서 문제라고 말했다. 하지만 이내 표정이 밝아졌다. 지금처럼 큰 문제를 해결했을 때는 도움이 되기도 하니까.

서장은 자신의 얼굴이 언론과 방송에 계속 나올 것이 기분 좋았다. 그것도 엽기적인 살인 사건을 빠르고 확실하게 해결한 이유로 나오는 것이니 기분이 나쁠 리 있겠는가. 서장은 분명히 자신의 승진에도 영향을 미칠 것이라고 생각했다.

그래서 기분이 좋아진 서장은 자리에서 일어서서 자신의 방으로 향했다. 오늘은 기자회견을 하기 전에 뭐라도 좀 발라야겠다는 생각에서였다.

  그리고 잠시 후, 경찰서 기자실에 도착한 서장은 수많은
취재팀 앞에서 발표를 시작했다. CCTV 내용까지 공개하며,
지난밤 총격 사건에 대한 경위를 설명했다.

  "보시는 바와 같이 이정훈의 범행이 확실한 상황이었기
때문에, 체포 과정에서 거칠게 반항하며 도주하는 그를 부
득불 사살할 수밖에 없었습니다."

  사방에서 찰칵거리는 소리와 함께 불빛이 쏟아졌다. 그럴
수록 서장은 카메라를 의식하면서 목소리에 힘을 주었다.

  "수사팀에서는 현재, 이정훈이 범인임을 확실하게 입증할
DNA 대조 작업을 진행 중이며, 그 결과가 나오는 대로 정식
수사결과를 발표할 예정입니다. 이상입니다."

  기자들 질문이 줄줄이 쏟아지기 시작했다. 범인이 확실하
냐는 질문부터 총기 사용에 문제가 있었던 건 아니었느냐는
질문까지. 전 같았으면 신경이 날카로워졌을 서장이었지만,
오늘은 여유 있게 하루 이틀만 기다리라는 말만 반복했다.

  어차피 사건은 해결된 것이다. 마음의 여유가 생기니 기자
들을 상대하는 것에도 여유가 생긴 것이다.

  같은 시각, 어두운 실내. 장사를 하지 않는지 테이블과 의

자가 제멋대로 나뒹굴고 있는 음침한 공간에서 한 남자가 TV로 서장의 발표를 보고 있었다.

　－"하루 이틀만 기다리면 모든 결과를…"
　남자는 피식 웃더니 리모컨을 눌러 TV를 껐다. 그리고 음악을 틀었다. 아주 몽환적이고 끈적거리는 음악을. 음악은 어둡고 침침한, 조금은 퇴폐적으로 보이기도 하는 실내의 분위기와 잘 어울렸다.
　남자다운 얼굴을 한 남자. 진규라는 이름을 가진 남자는 소파에 널브러진 채 묘한 표정으로 TV를 바라보았다.

● ● ●

　오 형사와 팀원들이 무어라 쑥덕거리더니 한 무리의 사람들이 웃으면서 밖으로 몰려나갔다. 사건이 해결된 것으로 생각하고는 회식을 하려는 것이다. 증거가 확실하니 문제 될 게 없지 않은가.
　그래서 다들 밝은 표정이었다. 수사본부도 범인이 잡힌 것으로 생각하고 정리하는 분위기였다. 사람들과 나가던 오 형사가 최 반장 방문을 빼꼼히 열고 조심스럽게 물었다.
　"한잔하러 가는데, 같이 안 가시겠습니까?"

"…어, 나는 됐어."

오 형사는 나가려다가 최 반장을 보면서 조심스럽게 입을 열었다.

"너무 담아두지 마세요."

"…그래."

최 반장은 고맙다고 이야기하려고 고개를 들다가 오 형사 뒤에 서 있던 동재와 눈이 마주쳤다. 그러자 약간 어색한 시선으로 최 반장의 시선을 외면하는 동재. 오 형사는 먼저 가보겠다고 이야기하고는 방문을 닫았다.

사람들이 모두 나가자 최 반장의 숨소리가 거칠어졌다. 그리고 자리에서 머리를 감싸 쥐었다. 창밖으로 보이는 팀원들과 동재. 최 반장은 동재를 보자 갑자기 마음이 답답해졌다. 안 그래도 울화가 치밀어 올랐는데, 자신의 비밀을 알고 있는 동재를 보니 짜증이 있는 대로 솟구쳤다.

자신이 아끼는 막내였다. 자신이 처음 형사 생활을 시작했을 때를 떠올리게 하는 아이. 그런 막내에게 자신의 치부를 들킨 것이다.

괴로웠다. 살인을 한 것도, 그리고 그것을 숨기기 위해서 또다시 살인하게 된 사실도. 그리고 그런 걸 알고 있는 것 같은 동재의 시선도. 모두가 견디기 어려웠다. 보이지 않는 손이 심장을 꽉 움켜쥐고 놓지 않는 것처럼 가슴께가 갑갑해졌다.

"으아아아!"

가슴을 짓뭉개는 괴로움에 그는 비명과도 같은 고함을 지르며 책상 위를 쓸어 버렸다. 어지럽게 널브러지고 깨어진 집기들이 꼭 자신처럼 보여 최 반장의 마음은 더욱 참담해졌다. 자괴감, 분노, 온갖 부정적인 감정들이 그를 얽어맸다.

사건은 해결국면을 향해 치닫고 있었지만, 다른 이들은 몰라도 최 반장만큼은 사건이 이대로 끝이 나지 않을 거라는 사실을 잘 알고 있었다.

국과수에 있는 DNA도 자신의 것이며 이정훈이 진범이 아니라 그 배후에 다른 사람이 있다는 사실도 알고 있다. 사건은 끝난 게 아니었다. 진범은 지금부터 본격적으로 자신을 파멸시키기 위해서 손을 써 올 것이다.

최 반장은 잠시 후, 휑한 책상 위에 수사 기록을 집어 올렸다. 수염이 덥수룩하고 전보다 훨씬 더 초췌해 보이는 얼굴. 잠을 제대로 자지 못해서 전반적으로 퀭해 보였다. 하지만 그런 겉모습과는 달리 최 반장의 두 눈은 무섭게 번득였다. 마치 동물의 눈처럼.

최 반장은 수사 기록을 한 장씩 넘기면서 살폈다. 평소와 같은 능숙한 베테랑 형사이자 반장의 눈이 아닌 번득거리는 동물의 눈을 하고서.

그 시각, 밖으로 나간 강력반 팀원들은 거리의 포장마차에서 술을 마시고 있었다. 오 형사와 동재도 그들 중에 있었는데, 구석에 있던 동재가 술잔을 들고 오 형사 옆으로 다가왔다.

"동재야, 며칠 동안 고생했다. 한잔해라."

동재를 발견하고는 오 형사가 먼저 술을 권했다. 술을 받은 동재는 잠시 망설이다가 조용히 이야기했다.

"…오 형사님…"

"왜?"

"가만히 보면 요즘 반장님이 좀 이상하지 않으세요?"

오 형사는 물끄러미 동재를 바라보다가 여러 감정이 뒤섞인 묘한 표정을 하고는 말했다.

"막내야."

"예."

오 형사는 술잔을 내려놓으며 대답했다.

"사람이고 세상이고 가만히 보면 다 이상한 거다. 그런 것 같지 않냐?"

"…그게 아니라요…"

오 형사는 무언가 말하려는 동재의 등을 펑펑 두들기면서 말을 마저 했다.

"중요한 시기에 큰 사건이 일어난 거잖냐. 이번 사건만 없었으면 승진에 본청 발령에 무난하게 가셨을 건데 말이야."

오 형사는 술잔을 단숨에 쭉 들이켰다. 자신이 가장 믿고 따르는 상사인 최 반장 아닌가. 그가 이렇게 중요한 시기, 모든 것이 잘 풀리려고 하는 시기에 이런 일을 당하게 되어서 그 역시 마음이 편치 않았다.

"나라도 그랬을 거다. 어떻게든 사건을 해결해야 한다는 부담감, 그거 엄청난 거다. 너야 아직 그런 거 잘 모르겠지만."

오 형사는 잔을 내밀었고, 동재가 잔을 채웠다. 동재의 빈 잔도 오 형사가 채워주었고. 그리고는 오 형사는 크게 한숨을 내쉬었다.

"그러다가 실수로 사람까지 쐈으니… 참. 어떻게 일이 그렇게 꼬일 수가 있냐. 동재야, 누구라도 그런 상황이 되면 날카롭고 예민해질 거다. 그렇지 않으면 그게 더 이상한 거지."

"그건 저도 아는데요…"

동재는 오 형사의 말에 수긍하면서도 뭔가를 더 말하려고 했다. 하지만 잠시 고민하다 그만두었다. 오 형사는 이내 밝은 표정을 지어 보이더니 호탕하게 웃으면서 말했다.

"야, 사건도 끝났는데, 이렇게 분위기 처지는 얘기 할 거야? 자. 마셔."

오 형사는 다른 팀원에게도 한껏 웃으면서 잔을 권했고, 모두가 웃으면서 술잔을 기울였다. 동재도 분위기 따라 잔을 들었다가 천천히 비우기 시작했다.

그렇게 팀원들이 한창 술을 마시고 있을 시각, 최 반장은 자료를 검토하다가 무언가를 발견하고는 경찰서에서 나왔다. 그리고 죽은 이정훈의 집으로 향했다.

노란색 폴리스라인이 쳐진 이정훈의 집. 최 반장은 문을 열고 안으로 들어갔다. 방 한쪽에는 이상한 그림에다 인형, 양초가 놓여 있어서 아주 기괴한 분위기를 만들어내고 있었다. 아주 음습하고 괴이한 분위기.

최 반장은 조심스럽게 안을 살폈다. 그리고 휴대전화를 꺼내 눈에 걸리는 것들을 하나씩 찍기 시작했다. 벽에 붙은 사진들, 책상 위의 잡다한 물건들, 명함들. 찰칵 소리를 내면서 불빛이 번쩍이면 그런 것들이 하나씩 최 반장의 휴대전화에 담겼다.

얼마간 사진을 찍으며 예리한 시선으로 구석구석 둘러보던 최 반장은 문을 나서다가 다시 방 안을 돌아보았다. 그리고 텅 빈 방 안에 약에 취해 중언부언하던 이정훈의 모습이 떠올랐다.

'…나는 안 죽였어, 씨발…! 그놈이 가르쳐준 곳에 가니까 이미 죽어 있었다고!'

'나는 그놈이 시키는 대로 했을 뿐이야! 진짜로 실어다 매달기만 했다고!'

짧은 기억이 번쩍이면서 떠올랐다.

'…날 죽일지도 몰라요… 무서운 놈… 그놈이 날 이렇게 만들었어, 씨바…'

'왜 갑자기 이놈 저놈 나타나서 괴롭히고 지랄이야! 나는 진짜로 안 죽였다니까…'

기억을 떠올리던 최 반장은 갑자기 생각났다는 듯이 한 단어를 중얼거렸다.

"메토폰…"

택시기사인 정지수나 시체를 옮긴 이정훈. 그 둘의 공통점은 메토폰이었다. 우연일 리가 없었다. 분명히 누군가가 메토폰을 무기로 해서 둘을 사주한 것이다. 그렇게밖에 생각할 수 없었다.

그렇게 생각하니 퍼즐이 맞추어지는 듯했다. 마약을 하는 놈들이니 메토폰을 주겠다고 하면 무슨 짓이라도 할 것이다.

"그래, 메토폰…"

최 반장의 눈매가 날카롭게 변했다. 메토폰을 뒤쫓다 보면 어떤 놈이 그들에게 사주를 한 것인지 밝혀낼 수 있다는 생각이 들었던 것이다. 최 반장은 곧바로 이정훈의 집에서 나왔다.

그가 간 곳은 어느 유흥가의 후미진 골목이었다. 최 반장은 이리저리 걸음을 옮기다가 커다란 술집이나 클럽의 뒷문쯤으로 보이는 작은 문 앞에 당도했다. 잘 아는 곳인 듯 망설임 없이 문을 열고 그 안으로 들어갔다.

안으로 들어가니 술 박스가 산더미처럼 쌓여 있었는데, 아마도 주류 창고인 듯했다. 그 안에는 험악해 보이는 사내 몇 명이 노닥거리고 있었는데, 최 반장은 그중 한 명을 보더니 거침없이 다가갔다.

살기가 느껴질 정도로 삭막한 표정을 하고 걸어가던 최 반장은 떨어져 있는 몽둥이를 한 개 주워들었다. 그리고 한 사내 앞으로 다가가며 날카롭게 물었다.

"장사 잘 되냐?"

"아 씨바… 똥 밟았네…"

사내는 울상을 하면서 투덜거렸다. 최 반장은 그런 사내에게 다가가면서 다시 물었다.

"장사 잘 되는지 묻잖아. 이 새끼야!"

날 선 표정의 최 반장이 사내에게 달려들어 다짜고짜 린치를 가하기 시작했다. 사내는 머리를 감싸고 맞으며 구석으로 몰렸다. 상대가 다른 사람이라면 같이 주먹이라도 날려볼 텐데, 강력반 형사, 그것도 반장이다.

같이 주먹질이라도 했다가는 골로 가는 건 자신뿐일 터. 다른 사내들도 그런 걸 아는지 어쩌지 못하고 그냥 맞는 걸 구경만 하고 있었다.

최 반장은 사내가 도망을 가면 계속 따라가면서 두들겨 팼다. 그동안 억눌려온 감정을 한꺼번에 털어내기라도 하려는 듯 미친 듯이 몽둥이를 휘둘렀다. 주변에서 구경하던 깡패들은 자신보다 훨씬 더 깡패 같아 보이는 최 반장과 시선이 마주치자 화들짝 놀라면서 몸을 피했다.

그렇게 광폭하고 거칠게 매질을 하던 최 반장은 얼마 후 가쁜 숨을 몰아쉬며 몽둥이질을 멈추었다. 최 반장의 기세에 완전히 눌린 사내가 울상을 한 채 제발 살려달라고 했다.

맞는 데는 제법 이골이 난 그였지만, 이렇게 맞다가는 죽을 수도 있겠다는 생각이 들어서였다.

남자는 최 반장의 바짓가랑이를 잡고는 거의 애원하다시피 말했다.

"저, 요즘 약 안 팝니다. 착하게 술만 팝니다. 진짭니다."

최 반장은 닥치라는 듯 손짓하며 가쁜 숨을 내쉬었다. 사내는 정말 억울하다는 듯 피투성이가 된 얼굴로 이야기했다.

"정말로 손 씻은 지 오래됐다니까요!"

최 반장은 다시 몽둥이를 들어 올렸다. 그러자 사내는 바로 입을 닫았다. 계속 입을 놀렸다가는 아까처럼 무자비한 몽둥이세례가 쏟아질 것이라는 걸 느꼈기 때문이었다. 잠시 숨을 돌린 최 반장은 사내를 노려보면서 단도직입적으로 물었다.

"메토폰 취급하는 놈이 누구냐?"

"메토폰이요?"

사내는 왜 그런 걸 물어보는지 이해할 수가 없다는 표정이었다. 찾는 사람도 없는 그런 마약을 말이다.

아니, 반장님. 요즘에 좋은 게 얼마나 많은데, 누가 메토폰을 찾습니까?"

사내는 훨씬 더 싸고 좋은 게 많다고 이야기했다. 하지만 최 반장이 원하는 대답은 그게 아니었다. 최 반장은 바로 몽둥이를 치켜들었는데, 그러자 사내는 기겁을 하면서 재빠르게 말했다. 정말 아니라는 표정으로.

"진짭니다. 몇 년 전에 한참 떴었는데, 중독성이 너무 강해서 요즘에는 거의 안 합니다 그거… 그거에 한번 빠지면 다른 어떤 약으로도 필이 안 오거든요."

"그럼 최근에 그거 찾으러 온 사람은?"

"아니, 아무도 안 찾는다니까요."

사내는 거의 울부짖듯 이야기했다. 입가와 머리에서 피가 줄줄 흘러내리는 아주 처참한 몰골을 하고서. 하지만 최 반장은 그런 것에는 신경도 쓰지 않는다는 듯 버럭 소리를 질렀다.

"그럼 그것과 관련해서 네 머릿속에 있는 걸 다 말하란 말이야 새끼야!"

최 반장은 눈알을 번득이면서 말했다. 메토폰과 관련이 있는 걸 찾아야 자신에게 이런 짓을 하는 놈을 찾을 수 있다. 그놈을 찾기 위해서라면 이런 놈들 두들겨 패는 거야 얼마든지 할 수 있었다.

사내도 그런 험악한 기세를 느꼈는지 울상을 하고는 줄줄 말했다.

"한글명 메토폰, 영문명 엠이티? 모르구요. 이바닥 말로는 새뽕. 부산에서 정제한 거 받아다가 한창때는 한 작대기당 이십씩 받고 팔았는데, 주 고객은 뭐 그렇고 그런 연놈들이 었고요."

사내는 말을 하다가 잠깐 멈추고는 슬쩍 최 반장의 눈치를 살폈다. 하지만 최 반장의 표정이 일그러지는 것을 본 사내는 재빨리 말을 계속했다.

"저기, 맞다. 작년에 마약 사건으로 시끄러웠던 영화배우 뭐… 몇 명 있는데, 어휴… 이름은 잘 모르겠고요. 걔네들도 메토폰을 하다가 잡힌 걸로 알고 있습니다. 그리고… 저기… 제가 아는 건 그 정돕니다. 그 이상은 정말 모릅니다. 정말이에요."

사내는 정말이라면서 손을 내저으며 말했다. 더는 말할 게 없다면서. 그런데 최 반장의 표정이 조금 변했다.

"영화배우?"

"네, 조연하다가 그 사건으로 조용히 사라진 배우들 몇 있습니다."

그 말을 듣는 최 반장 머리로 수사 과정 중에서 스치고 지나가는 게 있었다. 최 반장은 몽둥이를 버리고 나갔다.

다시 자신의 방으로 돌아 온 최 반장은 컴퓨터로 메토폰으로 잡힌 영화배우를 검색했다. 조선영, 김진규, 박종태의 이름이 보이고, 몇 장의 사진과 함께 관련 내용을 볼 수 있었다. 최 반장은 그 사람들의 정보를 찾다가 김진규 관련 내용에 주목했다.

"소속사는 미래엔터테인먼트…"

최 반장은 수사기록의 내용을 펼쳐 확인하다가 죽은 두 사람의 통화기록 중, 공통적으로 등장했던 전화번호의 조회 내용 부분을 확인했다. 두 사람이 통화했던 전화번호는 연예기획사 미래엔터테인먼트 매니저 장기철의 이름으로 개설된 휴대폰이었다.

"누가 이름을 도용해서 만들었다 이거지?"

본인에게 확인결과 누군가가 그 이름을 도용해 개설한 대포폰으로 확인되었다는 메모가 붙어 있었다. 최 반장은 다시 인터넷을 통해 미래엔터테인먼트 소속 배우들을 하나하나 검색하기 시작했다.

얼마 후, 최 반장은 화면에서 배우 김진규의 얼굴을 찾아냈다. 남자답게 생긴 얼굴. 서장의 방송을 보면서 묘한 표정을 지었던, 그리고 끈적거리는 음악을 들으면서 소파에 널브러져 있던 바로 그 남자의 얼굴이었다.

하지만 최 반장은 처음 보는 얼굴. 최 반장은 화면 속 김진
규의 얼굴을 응시했다. 그리고 그가 바로 이 사건의 배후에
있는 인물일 가능성이 있다고 생각했다. 지금까지는 그랬다.
모든 증거가 그를 가리키고 있었다.

아직은 알 수 없는 그런 지점이 몇 있었다. 하지만 최 반장
은 그를 캐다 보면 분명히 무언가 나올 것이라고 생각했다.
최 반장은 화면 속 무척이나 남성스러운 배우 김진규의 얼
굴을 뚫어져라 쳐다보았다.

같은 시각, 동재는 교통정보센터 상황실에 가서는 신분증
을 보이면서 여직원과 이야기 나누고 있었다.

"지난주에 수사 자료를 요청했던 강남경찰서 차동재 형삽
니다. CCTV 내용이 누락 된 부분이 있어서 그러는데, 그 부
분만 다시 카피해서 받을 수 있을까요?"

"네, 필요하신 CCTV 위치하고 날짜 알려 주세요."

동재가 CCTV 번호와 날짜를 메모해서 건네자 여직원이
받아들고 자료를 카피하기 위해서 움직였다. 그 사이 동재는
교통 상황실의 화면들을 보면서 기다렸다. 상황실에는 엄청
나게 많은 CCTV 화면이 보이고 있었다.

얼마 후, 여직원이 돌아와 복사본 CD를 동재에게 건넸다. 동재는 CD를 받고는 여직원에게 인사를 하고 바로 상황실을 나갔다. 그리고 곧바로 수사본부로 다시 돌아왔다.

늦은 저녁이라 아무도 없는 텅 빈 사무실. 동재는 자기 자리로 가서 컴퓨터를 켰다. 깜깜한 수사본부에 불이 켜진 곳이라고는 동재의 모니터뿐. 동재는 사무실에 혼자 앉아서 CD 내용을 확인하기 시작했다.

컴퓨터에 CD를 넣자 화면이 나왔는데, 모니터에 나타난 건 최 반장이 택시를 탔던 노래주점 앞 CCTV였다. 최 반장이 빼돌려서 빈 한 장의 CD. 바로 그 시간대의 CD였다.

화면에는 노래주점 앞 거리의 모습이 보였다. 그리고 계속 화면이 흐르다가 팀원들의 인사를 받으며 택시를 타는 최 반장의 모습이 나타났다. 아주 선명하게 보이는 최 반장의 모습. 그리고 그가 택시에 타는 모습도 보였다.

동재는 화면을 다시 돌렸다. 그리고 최 반장이 택시에 타는 장면에서 화면을 멈추었다. 분명히 최 반장, 그리고 택시 번호도 서울 31자 5387. 분명히 시체를 운반한 바로 그 택시였다.

동재는 CD를 숨기던 최 반장의 모습과 이정훈을 향해 총을 쏘던 최 반장의 모습이 머릿속에 떠올랐다. 그리고 다시 화면 속 최 반장의 모습을 쳐다보았다. 동재의 입에서는 나지막한 소리가 흘러나왔다.

"반장님…"

. . .

다음 날 아침, 팀원들과 다른 형사들이 삼삼오오 모여서 술렁이고 있었다. 조 형사는 믿어지지 않는다는 표정으로 이야기했다.

"진짜 아니래?"

"아니래. 아, 이거 골치 아파지게 생겼다."

박 형사가 고개를 끄덕이며 대답했다. 그때, 최 반장이 수사본부 안으로 들어왔는데, 어두운 표정으로 있던 오 형사가 최 반장에게 다가가서 이야기했다.

"아침에 국과수에서 DNA 검사결과가 나왔는데, 정지수 손톱 밑에 있던 피부조직이 이정훈이 게 아니랍니다."

"들었어…"

듣지 않았어도 알 수 있는 일이었다. 그 피부조직은 자신의 것이었으니까. 그래서 지금과 같은 일이 벌어질 것이라고 생각은 하고 있었다. 하지만 이정훈이 범인이라고 철석같이 믿고 있었던 사람들은 충격을 받은 표정이었다.

"거 참 의외네요. 그럼 다른 인물이 있다는 얘긴데…"

그때, 화난 모습의 서장이 강 차장과 함께 수사본부로 들어왔다. 있을 수 없는 일이 일어났다는 그런 표정.

서장은 최 반장을 가리키면서 버럭 소리를 질렀다.

"당장 따라 들어와!"

서장은 강 차장과 함께 최 반장의 방으로 먼저 들어갔고, 최 반장은 담담한 표정으로 그 뒤를 따라 들어갔다. 수사본부의 모든 사람들은 술렁이면서 최 반장의 방을 바라보았다. 왜 그렇지 않겠는가. 사건이 전혀 생각지도 못한 방향으로 흐르게 생겼는데.

이미 기자들을 모아 놓고 발표까지 한 상태였다. 이정훈이 범인이라서 어쩔 수 없이 사살했다고 말이다. 경솔하게 총을 사용한 게 아니냐는 여론도 있었지만, 대부분은 총기 사용에 호의적이었다.

흉악한 살인범이 흉기를 들고 덤비는 데 경찰도 어쩔 수 없는 거 아니냐는 거였다. 그런 여론이 형성된 데에는 이정훈이 살인하고 시체를 타워크레인에 매달은 아주 엽기적인 살인마라는 게 컸다.

그냥 살인범이었다면 과잉진압이니 하는 말이 나왔겠지만, 워낙 엽기적인 살인 사건을 저지른 사이코라 경찰을 옹호하는 여론이 강했던 것이다. 그런데 만약 이정훈이 범인이 아니라면? 이제껏 이정훈을 비난하던 대중의 손가락이 당장에 경찰을 향할 것이다.

경찰이 살인범도 아닌 사람을 쏴 죽인 게 되니까. 총을 쏜 최 반장은 물론이고 책임자인 서장까지 목이 달아나는 건 거의 확실한 일이다. 그래서 형사들은 도대체 일이 어떻게 될 것인가를 놓고 웅성거리고 있었다.

그리고 방 안의 분위기는 훨씬 더 험악했다. 몹시 화가 난 서장은 검사 결과지를 흔들면서 최 반장에게 물었다. 아니 묻는다기보다는 소리를 지른다는 표현이 더 맞을 것이다.

"어떻게 된 일이냐 이게? 그놈이 범인 맞다며!"

강 차장이 밖에서 보이지 않게 블라인드를 쳤지만, 서장의 우렁찬 목소리는 밖에까지 쩌렁쩌렁 울렸다.

"수사를 다시 진행하겠습니다."

최 반장은 고개를 숙인 채 대답했는데, 서장은 역시나 버럭 소리를 질렀다.

"무슨 수사를 어떻게 다시 진행할 건데? 전 국민이 다 보고 있는 사건이란 거 몰라?"

서장은 씩씩대면서 쏘아붙였다. 지금 수사를 다시 진행한다는 건 바로 서장 옷을 벗는 걸 의미했다. 모든 사실을 공개해야 할 테니까.

"범인도 아닌 놈을 총으로 쏴서 죽이고, 언론에다가는 그놈이 범인이라고 다 까발려 놨는데! 그 뒷수습은 어떻게 할 거냐고!"

최 반장은 대답하지 못했다. 무슨 말을 하겠는가. 이제 와서 자신이 진범이라고 이야기를 할 수도 없는 일 아닌가. 최 반장은 문득 택시기사를 칼로 찔렀을 때, 신고했으면 어떻게 되었을까 하는 생각이 들었다.

아마도 정당방위가 인정되었을 것이다. 상대는 흉기를 가지고 있었고, 마약을 한 상태. 승진이나 본청으로 발령이 나는 일은 물 건너갔겠지만, 그래도 지금처럼 상황이 이상하게 흐르지는 않았을 것이다.

하지만 그때는 그게 최선이라고 생각했다. 세상에 어떤 사람이 자신이 죽인 시체가 바로 다음날 타워크레인에 매달려 있을 것이라고 생각하겠는가. 최 반장이 그런 생각을 하는 사이 방 안에는 고요한 침묵 흘렀다.

얼마 후, 방 안을 서성이며 씩씩거리던 서장이 무거운 목소리로 최 반장을 불렀다.

"최 반장."

"예."

서장은 결심한 듯 최 반장의 어깨를 잡으면서 말했다.

"오늘 이 검사 결과, 없었던 거다."

"예?"

최 반장은 놀란 표정으로 되물었는데, 서장은 목소리를 더 낮추었다. 그는 최 반장의 얼굴에 가까이 다가가면서 나지막이 이야기했다.

"국과수 김 원장하고는 내가 쇼부 볼 테니까, 실무진들끼리 협조해서, DNA 검사결과 다시 맞춰. 그리고 사건 종결해."

서장은 최 반장의 눈을 보다가 어깨를 툭툭 쳤다.

"어차피 정지수 이정훈이 둘 다 죽었고, 여러 가지 정황 증거나 CCTV 내용이면 이정훈이 범인이란 설명은 충분히 가능하잖아, 안 그래?"

최 반장은 서장과 강 차장을 번갈아 쳐다보았다. 강 차장도 암묵적으로 그렇게 처리하는 걸 인정하겠다는 듯 조용히 고개 끄덕였다. 아마도 이미 이야기가 된 상태인 것 같았다. 서장과 강 차장은 서로의 눈을 마주친 후 굳은 표정으로 밖으로 나갔고, 최 반장은 잠시 머뭇거리다 밖으로 따라 나갔다.

서장이 떠난 후, 최 반장은 바로 전체 회의를 소집했다. 곧바로 회의실에 모인 사람들. 분위기는 더할 수 없이 무거웠다. 사람들은 도대체 어떻게 될 것인지 혼란스러워하면서 최 반장이 입을 열기만 기다리고 있었다.

최 반장은 어렵게 입을 열었다.

"이번 사건은… 모든 걸 이정훈의 범행으로 결론지어서 수사 종결하기로 했다."

모두가 깜짝 놀란 표정이 되었다. 누구도 예상치 못한 내용을 최 반장이 말했기 때문이었다. 하지만 최 반장은 담담하게 말을 이었다.

"저쪽 부검 팀에서도 알고 있을 거야. 이정훈이 피부 조직 일부 채취해서, 우리 쪽에서 증거물로 입수해서 보낸 걸로 말 맞추고, DNA 검사 요청서도 다시 발송해."

오 형사는 최 반장의 얼굴을 슬쩍 쳐다보고는 입술을 깨물었다. 오 형사도 지금 상황이 어떻다는 건 잘 알고 있다. 만약 이정훈이 범인이 아니라는 사실이 밝혀지면 정말 많은 사람이 다친다는 것도 알고 있었다.

그렇기는 해도 이런 식으로 일을 처리하는 게 마음 편할 리가 있겠는가. 하지만 오 형사는 어쩔 수 없는 상황이라고 생각하면서 대답했다.

"…네, 알겠습니다…"

모두가 비슷한 고민에 빠진 듯했다. 너무나도 무거운 분위기. 아무도 입을 열지 않았다. 최 반장은 사람들의 얼굴을 보면서 말했다. 정말 내키지 않는다는 표정과 말투, 하지만 지금 상황에서는 이렇게 할 수밖에 없다는 그런 심정을 담아서 이야기했다.

"뒤탈 안 생기게 수사 기록 철저히 수정하고, 외부 사람은 물론 서 내의 사람들한테도 입단속 철저히 하고."

"예…"

팀원들은 서로의 눈치를 보기만 하고는 아무런 말도 하지 않았다. 최 반장은 그런 팀원을 뒤로하고 먼저 일어나서 밖으로 나갔다. 그리고 회의 내내 말이 없었던 동재는 수사본부를 나가는 최 반장을 조용히 바라보고 있었다.

최 반장은 그런 동재의 시선을 모른 채 걸음을 옮겼다. 그라고 해서 이런 상황이 유쾌하겠는가. 하지만 이미 상황은 돌이킬 수 없게 되었다. 어쩔 수 없는 상황이란 것도 있는 법이다. 그리고 그걸 따라야 하는 경우도 있고. 살다 보면 그런 일에 직면할 때가 있는 거라고 생각하면서 최 반장을 걸음을 옮겼다.

최 반장이 향한 곳은 경찰서 옥상. 탁 트인 옥상 위, 난간
을 잡고 서 있는 최 반장은 긴 숨을 토했다. 가슴 속에 너무
나도 많은 불편한 감정들이 남아 있었다. 있는 힘껏 숨을 내
뱉었지만, 그 감정들을 전부 뱉어낼 수는 없었다.

그저 그런 감정의 찌꺼기를 약간 뱉어낼 수 있었을 뿐이
었다. 기분이 더러웠다. 더할 수 없이 짜증이 났고, 미쳐버릴
것 같았다. 최 반장은 갑자기 연신 마른세수를 했다. 그리고
헛웃음을 웃으면서 혼잣말을 중얼거렸다.

"하하… 사건 종결…? 하하하…"

그런 자조적인 모습을 보이는 건 당연한 일이었다. 사건이
종결되지 않았다는 걸 가장 잘 알고 있는 것이 바로 그였다.
진범은 따로 있었다. 그리고 그 사람은 자신의 숨통을 점점
더 죄어올 것이다.

끝이 아니었다. 끝을 내려면 진범을 찾아야 했다. 그렇지
않으면 자신은 살아도 산목숨이 아니었다. 언제 어떤 식으
로 진범이 행동할지 모르는 일이었으니까. 항상 그런 불안과
초조함 속에서 살아야 한다.

처음에는 누가 그랬는지는 몰랐다. 하지만 지금은 아니다.
최 반장은 주머니에서 꺼낸 진규 사진을 쏘아보았다. 매섭게
빛나는 짐승의 그것과 같은 눈으로. 최 반장은 묘한 분노와

오기를 느끼면서 계속해서 사진을 노려보았다.

"진짜는 지금부터야… 어떤 놈인지, 왜 그랬는지… 내가 좀 알아야겠어…"

진범

"그때 마약 사건 이후로는 거의 숨어 살다시피 했어요. 뭐. 어떻게 보면 당연한 거죠. 다들 그 이야기를 할 텐데, 어디 얼굴을 내밀 수 있겠습니까."

미래엔터테인먼트의 사장은 차분하게 이야기했다. 갑자기 김진규의 사진을 가지고 자신을 찾아온 강남경찰서 강력반의 최 반장에게 말이다. 강력반 반장이라고 하니 사장으로서는 잘 이야기할 수밖에 없었다.

"그런데 어느 날 전화로 연락이 왔더라고요, 이 일 그만하겠다고. 그게 끝이에요. 지금은 어디서 뭐 하고 사나 모르겠네요."

최 반장은 날카로운 시선으로 사장을 쏘아보았다. 그게 정말 사실이냐는 듯이. 사장은 시선을 피하면서 대답했다.

"이 바닥 일이란 게 워낙에 그렇습니다."

사장은 마약 사건에 연루된 진규를 굳이 잡을 이유도 없고 해서 그냥 그렇게 관계를 끝냈다고 했다.

"주위에 가깝게 지내는 사람도 없었습니까?"

최 반장의 말에 사장은 조심스럽게 대답했다.

"글쎄요… 원채 내성적인 친구라… 게다가 뭐. 게이라는 말까지 돌아서… 혼자서 이상한 점집이나 다니고 그랬던 거 같아요. 그런데… 혹시 이 친구가 또 무슨 잘못이라도…"

사장은 살짝 긴장하면서 물었다. 강력반 반장이 찾는 일이라면 회사로서는 좋을 게 하나도 없는 일이다. 지금은 회사 소속도 아니지만, 그래도 김진규의 이름이 방송에 나오면 미래엔터테인먼트의 이름도 오르락내리락할 것이다. 그것도 별로 좋지 않은 이미지로. 그래서 사장은 상당히 긴장하고 있었다.

"직접 만나서 확인할 게 있어요. 협조 좀 부탁합시다."

사장은 과한 몸짓을 하면서 대답했다.

"아유, 그럼요. 그래야죠. 최대한 알아보고 연락드리겠습니다."

최 반장은 일어서다가 문득 생각이 났다는 듯 질문을 던졌다.

"혹시… 그 친구 계약서 같은 건 없습니까?"

"아…! 그건 찾아보면 있을 겁니다. 거기 보면 주소가 나오겠네요."

사장은 자신의 책상으로 가더니 열쇠로 서랍을 열고는 서류를 뒤졌다.

"가만있어보자. 여기쯤 있어야 하는데… 김진규, 김진규… 아, 여기 있네요."

사장은 계약서를 찾아 최 반장에게 건넸다.

살짝 상기된 표정의 최 반장은 계약서 사본을 보면서 전화를 걸었다.

"아니… 일이일구이이사… 어… 그렇지, 김진규. 뽑을 수 있는 거 전부 다 뽑아서 메일로 쏴주고. 일단 현주소가 이게 맞나, 그거부터 확인해줘! 어, 그래. 맞는다고?"

최 반장은 계약서 사본에 적힌 주소를 보면서 말했다.

"오케이, 수고. 나머지도 부탁할게."

최 반장은 전화를 끊고 서둘러 사무실을 나갔다. 사장은 그 뒤에 대고 꾸벅 인사를 했고. 밖으로 나온 최 반장은 계약서 사본에 적힌 주소를 다시 한 번 확인했다.

어느 허름한 아파트 앞. 최 반장은 차에서 아파트 이름을 확인했다. 김진규의 계약서 사본에 적혀있는 바로 그 아파트. 최 반장은 차에서 내려 아파트를 보다가 입구로 들어갔다.

"여긴가?"

최 반장은 아파트 복도를 걷다가 어느 집 앞에 멈추었다. 그리고 계약서에 적힌 호수와 아파트 현관문에 붙어 있는 호수를 확인하고는 초인종을 눌렀다.

딩동 소리가 나더니 잠시 후 문이 열렸는데, 어떤 남자가 얼굴을 빼꼼히 내밀었다. 그 남자는 최 반장에게 넌 뭐냐는 듯 아니꼽게 바라보았다.

"경찰입니다. 혹시 이 집에… 김진규라는 사람이 사십니까?"

남자는 사람이 무안할 정도로 빤히 보다가 퉁명스럽게 말했다.

"내 이름은 장기봉이고, 우리 딸년 이름은 장미화, 우리 마누라 이름이…"

남자는 뒤를 돌아보면서 소리쳐 물었다.

"야! 니 이름 뭐냐?"

대답 대신 안쪽에서 앙칼진 여자 욕지거리가 날아왔는데, 그 소리를 듣자 남자는 찔끔했다. 하지만 이내 인상을 구기면서 구시렁거리더니 다시 최 반장을 보고 대답했다.

"아무튼 김진규는 아니오. 됐소?"

그리고 쿵 하고 문이 닫혔다. 최 반장은 무안한 표정으로 계약서와 아파트 호수를 번갈아 보았다. 분명히 계약서에 적힌 주소는 이곳이었지만, 지금은 이곳에 살지 않는 모양이었다. 최 반장은 난감한 표정을 하면서 돌아섰다.

• • •

동재는 한강 고수부지에 있는 벤치에 앉아서 자전거를 타고 있는 명호를 바라보고 있었다. 최 반장의 아들인 명호. 명호는 유난히 동재를 잘 따랐다. 신나게 자전거를 타던 명호는 동재에게 다가와 물었다.

"삼촌은 안 타?"

"어… 좀 있다 탈게."

동재는 웃으면서 이야기했는데, 표정이 밝지는 않았다. 하지만 어린 명호야 그런 게 무슨 상관이겠는가. 그저 이런 데 나와서 같이 노는 게 즐거울 뿐이었다. 명호는 음료수를 마시다가 불쑥 물었다.

"범인 잡았어?"

동재가 의아한 표정을 하자 명호가 신이 나서 이야기했다.

"뉴스에서 봤어. 그거 아빠랑 삼촌네 사건 맞지? 그 범인

잡았냐고."

"응…"

명호는 동재에게 바짝 붙으면서 물어보았다. 눈을 반짝이면서.

"누가 잡았어? 아빠가? 삼촌이?"

"아빠가…"

명호의 눈이 커지면서 우와 하고 탄성을 내뱉었다. 아빠가 자랑스럽다는 듯이. 하지만 이내 고개를 갸웃거리며 물었다.

"근데, 범인도 잡았다면서 아빠는 왜 매일 늦어?"

"아빠는… 지금 아마 되게 바쁘실 거야… …처리해야 할 일이 많으시거든…"

동재는 희미하게 웃으면서 대답했는데, 명호는 입을 삐죽 내밀면서 투덜거렸다.

"범인 잡았으면 끝이지, 뭔 일이 그렇게 많아?"

동재는 명호를 물끄러미 바라보았다. 그리고 강 건너편을 바라보았다. 딱히 어디를 쳐다본 건 아니었다. 그저 멀리 있는 곳을 보고 싶었을 뿐이다. 동재는 시간이 흐르는 걸 고스란히 느끼며 벤치에 가만히 앉아 있었다.

그리고 이내 저녁놀이 하늘을 물들이자 명호를 불렀다.

"이제 가자."

"벌써? 조금만 더… 응?"

명호는 더 놀고 싶다며 떼를 썼지만, 동재는 다음에 또 놀아주겠다고 하면서 명호를 달랬다.

"그러니까 지금은 가자. 알았지?"

"진짜로 다음에 놀아줄 거지?"

"그럼, 당연하지."

명호는 알았다고 하고는 동재와 함께 집으로 돌아갔다. 동재는 명호를 집에다 데려다 주고는 집 앞에서 최 반장을 기다렸다. 최 반장은 밤이 상당히 늦어서야 집에 돌아왔다.

동재는 멀리서 걸어오는 최 반장을 발견하고는 그에게 다가갔다. 최 반장은 무언가를 곰곰이 생각하는지, 동재가 근처까지 왔는데도 알아채지 못했다. 동재는 생각에 빠져 걷고 있는 최 반장에게 다가서는 말을 걸었다.

"대장님…"

최 반장은 놀라서 고개를 들었는데, 눈앞에 동재가 보였다.

"어, 동재야…"

최 반장은 대답하면서도 무척 어색하다고 느꼈다. 동재와 어색한 사이가 된 지도 조금 되었다. CD를 품에 넣는 걸 동재가 본 이후로 이상하게 동재와 이야기하는 걸 피하게 되었으니까.

사실 평소 같았으면 동재와 어떻게든 자리를 마련해서 그런 어색함을 풀고도 남았을 테지만, 지금은 상황이 여의치 않았다. 동재와의 사이 같은 건 신경 쓸 틈이 없었다. 그래서 아직까지 어색한 관계가 계속되고 있었다.

　"반장님, 말씀 드릴 게 있습니다."
　동재는 심각한 표정으로 이야기했고, 최 반장도 잔뜩 긴장했다. 동재가 어떤 이야기를 할지 전혀 가늠이 되지 않았기 때문이었다. 그리고 만약 동재가 자기가 본 걸 다른 사람에게 이야기라도 한다면 문제가 될 공산이 컸다.
　"그럼 잠깐 저쪽으로 가자."
　최 반장은 근처에 있는 공원을 가리켰다. 어찌 되었든 이야기하는 걸 언제까지 피할 수는 없는 노릇이었다. 최 반장은 오늘 아예 어떤 이야기든 하고 정리를 해야겠다고 생각했다. 둘은 공원을 향해 걸었는데, 공원에 도착할 때까지 둘 다 아무런 말도 하지 않았다.
　최 반장과 동재는 벤치에 나란히 앉았다. 최 반장은 마치 동재를 처음 만났을 때 같다는 생각이 들었다.

　경찰학교에서 처음으로 만났던 그때도 동재가 자신을 찾아왔고, 벤치에 앉아 이야기를 나누었다.

물론 지금 같은 복잡하고 무거운 이야기가 아니었다. 최 반장은 경찰학교에 현장 경험을 이야기해주러 간 적이 있었다. 원래 그런 데 가서 이야기하는 걸 좋아하지 않아서 거절하려고 했는데, 동기이자 경찰학교 교수인 녀석이 하도 부탁을 하는 통에 승낙했었다.

현장 경험을 이야기해 줄 때, 학생 중에서도 유난히 동재라는 학생이 눈에 띄었다. 수업에도 열정적이었고, 관심을 보였으니까. 동기도 비슷한 이야기를 했다. 수업 태도가 아주 좋은 학생이라는 거였다.

그리고 강의가 끝나고 벤치에서 잠깐 쉬고 있을 때, 동재가 찾아왔다. 물어볼 것이 있다면서. 최 반장은 흔쾌히 앉으라고 했고 정말 많은 이야기를 나누었다. 할 이야기가 넘쳐서 끝나고 뒤풀이를 하는 자리까지 대화가 이어졌다.

그때부터 최 반장과 동재는 각별한 사이가 되었다. 원래 재능이 다양해서 정보 쪽으로 갈 수도 있었지만, 동재는 가장 힘든 강력반에 자원했다. 그것도 최 반장이 있는 팀으로 말이다. 학생일 때도 동재가 최 반장의 집에 온 적이 있지만, 최 반장의 팀으로 오고 나서는 그런 경우가 더 늘었다.

그래서 동재와는 일반 팀원과 반장 사이가 아니었다. 오죽하면 아내와 아이까지 동재를 더 좋아할까. 그런데 이런 어색한 사이가 되었다는 게 최 반장은 무척이나 가슴 아팠다.

최 반장도 동재도, 이런 싸한 침묵이 어색하기는 마찬가지였다. 최 반장은 그런 어색함을 떨쳐버리기라도 하려는 듯 담배를 꺼내 물었다. 그러자 동재가 잽싸게 라이터 꺼내 불을 붙여주었다.

하지만 그것뿐이었다. 다시 어색한 침묵 흘렀다. 최 반장의 담배가 빛났다가 줄어들었다가를 반복했고, 가끔 허공에다가 담배 연기를 내뿜기도 했다.

얼마 후, 그런 침묵을 견디다 못한 동재가 어렵게 입을 열었다.

"대장님…"

"어."

여전히 어색한 분위기는 떨쳐버릴 수 없었다. 동재는 손을 모은 채 땅바닥만 보고 이야기를 했다.

"제가 요즘… 고민이 좀 있습니다…"

동재는 이어지는 말을 내뱉지 못했다. 최 반장은 조용히 듣고만 있다가 후우 하고 허공에 담배 연기를 내뿜었다. 하얀 담배 연기는 구름처럼 최 반장의 눈앞을 차지하고 있다가 순식간에 허공에 흩어져 버렸다.

사실 동재가 어떤 이야기를 하려는지 최 반장은 짐작할

수 있었다. 다른 사람에게 알리려고 했다면야 벌써 알렸을 것이다. 그렇지 않고 지금 자신을 찾아왔다는 게 어떤 걸 의미하겠는가. 그래서 최 반장은 더 착잡한 마음이었다.

동재는 한참을 망설이다가 다시 입을 열었다.

"믿기로 했습니다. 제가 아는 그분이라면 틀림없이 현명한 해법을 찾으실 거라고 말입니다."

동재가 그런 믿음을 내보일수록 최 반장의 마음은 갈래갈래 찢어졌다. 팀원 중에서 적어도 동재에게만큼은 이런 모습을 보여주기 싫었다. 하지만 동재만이 자신의 이런 모습을 알게 되었다. 얼마나 기구한 일인가.

최 반장은 아무런 말도 하지 못한 채 담배만 피워댔다. 지금 이런 상황에서 할 말이 뭐가 있겠는가. 최 반장은 허공에서 빨갛게 빛나는 담뱃불을 보면서 크게 한숨을 내쉬었다.

동재도 최 반장을 쳐다보지 않았다. 그리고 품에서 무언가를 꺼냈다. 그리고 그 물건을 조용히 최 반장 옆에 내려놓았다. 동재가 내려놓은 물건은 넥타이핀과 CD였다.

물건을 내려놓고 동재는 조용히 일어섰다.

"그럼, 먼저 가보겠습니다. 대장님."

동재는 최 반장에게 꾸벅 인사하고 걸어갔다. 최 반장은 정말 참담한 심정으로 묵묵히 앉아 있었다. 그를 더욱 비참하게 하는 건 동재가 두 가지 물건을 자신에게 건네주어 마음이 놓인다는 사실이었다.

안심이 되면서도 더할 수 없는 비참함을 느꼈다. 끔찍할 정도로 참혹한 운명이라는 생각이 들었다. 최 반장은 담배를 있는 힘껏 빨아들였다. 그러자 빨간빛이 주변을 환하게 비추었다. 그리고 다음 순간 언제 그랬냐는 듯이 불빛은 사라졌다. 최 반장은 그렇게 어둠 속에서 아무런 말없이 오랫동안 앉아있었다.

• • •

"네, 미래엔터테인먼트 안태급니다."

"사장님, 접니다. 진규."

푹신한 의자에 축 늘어져 있던 안태규 사장은 놀라면서 자세를 바로 했다.

"어. 그래. 진규야. 어떻게 지내는데?"

"그냥 그렇죠. 그런데 누가 절 찾는다면서요?"

"어? 뭐…"

사장은 잠시 고민하다가 입을 열었다.

"사실 최 반장이라는 사람이 찾아왔었거든."

"예, 알아요. 최창식 반장."

"어? 아는 사이였어?"

안태규 사장은 어떻게 아는 사이냐고 물었지만, 대답 대신 김진규는 다른 이야기를 했다.

"찾을 필요 없는데… 어차피 조만간 만나게 될 거거든요."

"그래? 뭐. 그럼 나는 신경 쓸 필요 없겠네."

사장은 잠시 이야기를 나누다가 통화를 마쳤다. 그리고 이걸 알려야 하나 말아야 하나 생각했다. 사실 고민할 것도 없는 일이었다. 결론을 내리는 데까지는 얼마 걸리지 않았다.

"그래도 반장 정도면 선을 대 놔서 나쁠 것 없겠지."

사장은 바로 휴대전화를 꺼내 들었다.

그 시각, 최 반장은 강남경찰서 정문 앞에 있었다. 최 반장은 차 안에 앉아서 경찰서를 바라보고 있었는데, 그가 보고 있는 것은 경찰차에서 수갑을 차고 끌려 나오는 범죄자들이었다. 그는 무척이나 착잡한 표정으로 그 광경을 물끄러미 바라보고 있었다.

그때, 전화가 울렸는데, 안태규 사장의 전화라는 것을 확인한 최 반장은 전화를 받았다.

"네…"

"안녕하세요, 최 반장님. 미래엔터테인먼트 안태규 대푭니다."

몇 마디 너스레를 떨면서 친한 척 굴던 안태규 대표는 바로 본론을 이야기했다.

"저기 찾으시던 김진규, 그 친구하고 연락이 닿았습니다!"

안 대표의 말에 갑자기 최 반장의 눈매가 날카로워졌다.

"어디서 찾은 겁니까?"

"아니요, 제가 찾은 건 아니구요… 어떻게 알았는지 그 친구가 먼저 연락을 해 왔더라구요.

자기를 왜 찾느냐고 말이죠."

사장은 계속해서 이야기했다.

"그래서 고민하다가 최 반장님 얘기를 했더니… 반장님을 잘 알더라고요. 조만간 만나게 될 거라고 그러던데…"

최 반장은 고개를 갸웃거렸다. 조만간 만나게 될 거라는 말이 어떤 의미인지 와 닿지 않아서였다. 그러다가 조금 불안한 생각이 들었다. 상대는 자신의 움직임을 알고 있는 것 같았기 때문이었다.

그리고 김진규는 자신의 약점을 쥐고 있는 인물이다. 그런 자가 조만간 만나게 될 거라고 한 거는 둘 중 하나라고 생각했다.

'무언가를 요구하거나, 아니면 끝장을 보려고 하겠지.'

이런 지독한 행동을 할 때는 단단히 뜯어낼 생각이 있든지, 아니면 원한이라는 이야기였다. 최 반장은 원한 쪽에 무게를 두고 생각을 했었지만, 원하는 건 무언가를 요구하는 쪽이었다. 그렇다면 사건을 잘 해결할 수도 있을 것 같았으니까.

하지만 원한이라고 하면 절대로 타협이란 있을 수 없다. 그때는 한 가지 방법밖에는 없다. 둘 중 하나가 없어져야 끝이 나는 거다. 최 반장이 그런 생각을 하는 사이, 사장은 잠시 숨을 고르고는 조심스럽게 말을 이었다.

"그리고… 이게 도움이 될지는 모르겠는데요, 어제 사방에 전화하다가 우연히 들었는데 말입니다. 그 친구가 요즘은 상암동 어디서 무슨… 멤버십 바 같은 걸 한다는 소문이 있더라고요."

그 말을 듣자마자 최 반장은 문득 생각나는 게 있었다. 그는 서둘러 전화를 끊고, 이정훈의 집에서 촬영했던 휴대전화 사진들을 하나씩 넘기며 확인했다. 인형과 괴이한 분위기의 사진이 나오다가 책상을 찍은 사진이 보였다.

최 반장은 바로 이 사진이라고 생각하면서 손가락을 움직여 사진을 확대했다. 책상, 정확하게는 책상 위에 있는 명함을 확인하기 위해서였다.

"멤버십 바… 주소는 서울시 마포구 상암동…"

사진을 보던 최 반장은 입술을 꽉 깨물더니 차를 급히 출발시켰다. 드디어 놈을 찾았다는 생각에 잠시도 지체할 수가 없었기 때문이었다.

그렇게 최 반장이 황급히 상암동으로 달려가고 있을 때, 최 반장이 가려고 한 바로 그 바에서는 한 남자가 넥타이를 매고 있었다. 사람은 아무도 없는 실내. 집기가 여기저기 나뒹굴고 있는 지저분한 장소에서 남자는 흥얼거리면서 양복을 챙겨 입고 있었다.

거울에 자신의 모습을 비춰 보는 남자. 거울에 비친 얼굴은 최 반장이 그렇게 찾고 있던 사진 속의 인물. 바로 김진규였다. 양복을 단정하게 차려입은 김진규는 여전히 표정 없는 얼굴에 고요한 시선으로 자신을 바라보고 있었다.

김진규는 거울로 보이는 자신의 차림새를 여유 있게 확인하고는 근처를 정돈했다. 그리고 자신의 가게, 멤버십 바에서 밖으로 나갔다. 아주 여유 있고 한가로운 모습으로. 마치 어딘가에 놀러 가는 것 같은 그런 모습이었다.

그리고 김진규가 자리를 뜨고 난 후 얼마 뒤, 멤버십 바

앞에 최 반장이 모습을 드러냈다. 최 반장은 사진 속에 있는 명함의 상호와 간판이 같다는 걸 확인하고는 안으로 들어갔다.

오랫동안 영업을 하지 않아서 엉망인 분위기. 기괴한 분위기에 긴장한 모습의 최 반장이 주위를 둘러보며 소리쳤다.

"계십니까?"

하지만 아무런 소리도 돌아오지 않았다. 어둡고 침침한 실내로 최 반장은 조금씩 들어갔다. 사람이 드나든 흔적이 거의 보이지 않는 장소. 적막을 넘어서 으슥하다는 느낌까지 들었다.

최 반장은 천천히 안쪽으로 들어갔다. 너무나도 조용해서 오히려 긴장감이 생기는 묘한 분위기. 최 반장은 조심스럽게 가게 여기저기를 살펴보았지만, 사람은 보이지 않았다. 정확하게 이야기하면, 사람은 고사하고 사람이 있었던 흔적조차 없었다.

최 반장이 사람이 있었던 흔적을 찾은 것은 가장 안쪽으로 들어간 후였다. 거기에는 사무실로 보이는 작은 방이 있었는데, 제법 정갈하게 정돈된 책상과 간단한 집기들이 보였다. 최 반장은 예리한 시선으로 방 안을 둘러보았는데, 이런저런 물건들을 살피다가 책상 위에 놓인 탁상 달력을 보게 되었다.

그런데 달력에는 붉은색 동그라미가 쳐져 있었고, 그 밑에 '우면산 근린공원'이라는 메모가 되어 있었다.

"21일 수요일, 우면산?"

최 반장은 바짝 긴장했다. 바로 자신의 사건이 있었던 날짜와 장소가 아닌가?

최 반장은 달력을 이리저리 살폈다. 달력을 보니 다른 표시가 된 게 보였다. 어느 날에는 '안양시 석사동'이라는 메모가, 그리고 그 앞 어느 날에는 '광명시 소하동', '진천군 초평면'이라고 적힌 메모도 보였다.

"이거…"

최 반장은 가슴이 진탕되는 걸 느꼈다. 자신이 죽을 뻔한 날짜에 표시가 되어 있었다. 그렇다는 건 다른 메모가 뭐겠는가. 최 반장은 황급히 전화를 걸었다.

"오 형사, 어. 내가 지금 불러주는 지역에 강력사건 조회 좀 해봐 줘."

수사본부에서 전화를 받은 오 형사는 업무 중인 여경에게 받아 적으라고 손짓을 하면서 계속 통화했다.

"네 형님, 말씀하세요. 어… 그 날은 안양…석사동…"

오 형사는 날짜와 장소를 확인하고는 최 반장에게 잠깐만 기다려 보라고 이야기했다. 그리고 여경에게 그날 그 지역에서 어떤 사건이 있었는지 빨리 찾아보라고 채근했다. 여경은 재빨리 타이핑을 했고, 결과물이 곧바로 모니터에 주르륵 떴다. 오 형사는 화면을 응시하다가 표정이 점점 굳었다.

전화를 받고는 무슨 일인가 싶기는 했는데, 세 장소에서 유사한 사건이 일어났기 때문이었다. 오 형사는 핸드폰을 들어 입가로 가져갔다.

바에서 대답을 기다리는 최 반장은 이리저리 서성이며 긴장한 티를 냈다. 보통 일이 아니었다. 김진규라는 놈은 자신만 노리고 있는 게 아니었다. 어떻게 되었는지는 모르겠지만, 달력에 메모가 되어 있는 세 곳에서는 이미 사건이 벌어졌을 것 아닌가.

최 반장은 오 형사의 목소리가 들리자 휴대전화를 바짝 귀에다 가져다 댔다.

"형님! 세 곳 모두 사건이 있는데요… 전부 다 살인사건입니다!"

최 반장은 역시나 하는 생각을 했다. 하지만 예상을 했다고 충격이 줄어들지는 않았다. 그럴 줄은 알았지만, 막상 세 곳에서 모두 살인 사건이 일어났다는 사실을 들으니 상황이 얼마나 심각한지 확실하게 느껴졌다.

"지금 수사가 진행 중인 모양인데요… 희생자들이 다 전직 경찰입니다. 안양은 조춘길, 진천은 주진석, 광명은 박광춘."

이야기를 듣던 최 반장의 표정이 급격하게 변했다. 셋 다 자신이 아는 이름이었기 때문이었다. 충격을 받은 최 반장의 귀로 오 형사의 목소리가 계속해서 들렸다.

"광춘이 선배는 나도 광수대 있을 때 알던 분이라 장례식에 갔다 왔는데… 근데 무슨 일때문에 그러세요 형님…?"

최 반장은 대답도 없이 전화를 끊었다. 그리고 이를 갈면서 희생자들 이름을 되뇌었다.

"조춘길…, 박광춘…, 주진석…"

최 반장은 분노가 서서히 끓어오르는 걸 느꼈다. 최 반장은 손을 부들부들 떨면서 움직이다가 텅 빈 바를 향해 소리를 질렀다.

"김진규, 이 새끼!"

화를 삭이려고 했지만, 좀처럼 수그러들지 않았다. 최 반장은 이름을 되뇌면서 예전 기억을 떠올렸다. 아주 오래전 기억, 하지만 절대로 잊을 수 없는 기억을.

• • •

과거 강력반 사무실 안으로 앳된 얼굴의 최창식이 뛰어들어 왔다. 지금처럼 세월의 흔적이 느껴지지 않는 팽팽한 얼굴. 피부만 보자면 막내인 동재의 피부같이 젊음의 생기를 머금고 있었다.

"진석 선배님! 광춘 선배랑 춘길이 선배 어디 계십니까?"

급히 달려 들어오면서 소리치는 최창식을 보고는 책상에 앉아 노닥거리던 형사들이 놀라서 고개를 돌렸다.

"출동입니다! 대형사건이 터졌답니다!"

앳된 모습의 최창식은 선배 형사들과 함께 급히 밖으로 나갔다. 형사들은 곧바로 경찰차에 타고는 경광등을 붙이고 바로 사이렌을 쳤다. 요란하게 울리는 경찰차 사이렌 소리가 주택가에 울려 퍼졌다.

평범한 주택가에 도착한 형사들은 건물 안으로 들어갔다. 그런데 안에 들어가자마자 모두가 코를 부여잡고 눈을 돌렸다. 너무나도 참혹한 모습과 역한 냄새를 견딜 수가 없었기 때문이었다.

열 명이 넘는 남자들이 바닥에 쓰러진 채로 피를 토하고 죽어있었다. 하나같이 고통스럽게 몸부림치다가 죽은 듯 참혹한 모습이었다.

은밀하게 설치된 사설 도박장이었는데, 형사들은 밖에서 안을 보면서 고래를 절레절레 저었다. 이런 참혹한 살인 현장은 처음 보았다면서. 그리고 밖에까지 풍기는 역한 피 냄새에 인상을 찌푸렸다.

한쪽 구석에서는 막내 형사가 구역질하고 있었는데, 바로 최창식이었다. 이런 광경을 처음 보는 듯 무척이나 충격을 받은 표정이었다. 현장을 정리하러 온 사람들도 모두 혀를 내둘렀고, 주변에 몰린 구경꾼들도 다들 충격을 받은 표정이었다.

"열두 명의 희생자 모두 청산가리에 의한 피살입니다."

간부들 앞에서 강력반장이 사건 내용을 보고하고 있었는데, 강력반장은 서장의 젊은 시절 모습이었다. 강력반장은 잔뜩 긴장한 채 보고를 하고 있었는데, 경찰 간부는 딱딱하고 단호한 말투로 이야기했다.

"상부의 특별 지시다. 수단과 방법을 가리지 말고 빨리 해결해!"

"옛!"

대답하는 반장과 바싹 긴장한 표정으로 앉아 있는 수사팀원들. 최 반장은 신참이라 제일 끝자리에 있었다.

'맞아, 서장님은 그때도 발표가 어색했지. 그리고 나서는 용의자를 검거했어.'

최 반장의 기억은 용의자를 잡는 장면으로 옮겨졌다. 용의자는 여럿이었다. 최 반장은 그들의 모습을 아직도 생생하게 기억하고 있었다. 경험도 별로 없는 막내 시절에 겪은 워낙 충격적인 사건이라서 그런 듯했다.

어느 허름한 집으로 형사들이 들이닥쳤다. 한 남자가 거칠게 반항했지만, 형사들에게 끌려 연행되었다. 그리고 룸살롱에서도 비슷한 일이 벌어졌다. 다른 남자가 반항했지만, 형사들에게 끌려갔다.

주택가 슈퍼에서 라면을 사 가지고 나오던 남자도 연행되었다. 오락실로 들어가던 어떤 남자도 연행되었고. 그렇게 연행되어 온 남자들은 형사들에게 심문을 당했다. 협박과 폭력. 형사들은 용의자를 쥐 잡듯이 심문했다.

하지만 용의자들은 모두가 억울하다는 듯 항변했다. 점점 지쳐가는 형사들. 강력반장은 난감한 표정이 되었고, 용의자들은 하나둘 경찰서에서 풀려났다.

'난리가 났었지. 신문과 방송에서 엄청나게 질타를 했으니까.'

- 사건 발생 보름째, 범인은 오리무중. 경찰은 뭐하나?

- 불안에 떠는 시민들, 경찰서 항의 방문.

- 경찰청장 특별 지시, 범인 검거에 최선을 다하라.

서장은 간부들과 수사팀원들에게 고래고래 소리 지르며 화를 냈다. 바싹 긴장해서 듣고 있는 수사팀원들. 신참 시절의 최 반장도 긴장한 모습으로 선배들 눈치를 살폈다.

밤늦은 시각, 반장이 팀원들에게 뭔가 은밀히 지시했다. 사건을 조작해서라도 마무리하자는 이야기였다. 긴장한 표정으로 반장의 말을 듣던 팀원들은 서로를 쳐다보다가 조용히 고개를 끄덕였다.

이 상태로 가다가는 자신들이 죽게 생겼으니 증거가 없더라도 가장 용의가 있는 자를 잡자는 거였다. 긴장한 표정의 신참 최 반장, 놀란 표정으로 반장과 선배 형사들을 둘러보았다. 어떻게 그런 이야기를 할 수가 있느냐는 표정으로.

그러자 한 선배 형사가 최창식에게 눈치를 주었다. 아직은 세상이 어떤지 잘 몰라서 그러는 거라면서. 결국, 최창식은 조용히 고개를 숙일 수밖에 없었다.

"동기는 명확하니까 증인만 있으면 되는 거 아냐. 잘 주물러서 만들어 봐."

서장의 말에 형사들은 어떤 남자 둘을 연행해 와서 계속 설득했다. 보았다는 이야기를 하면 너희들의 죄를 눈감아 주겠다고 하면서. 형사들은 남자들에게 담배까지 붙여주고 다독이며 계속 회유했고, 남자들은 고민하다가 결국 승낙했다.

고개를 끄덕이면서 승낙한 두 남자. 앞좌석에서 그 모습을 보고 있던 강력반장 역시 고개를 끄덕였다. 모든 것이 다 맞추어졌다는 듯이.

비가 억수같이 퍼붓는 밤. 칠흑 같은 어둠 속에 여러 대의 경찰차들이 줄줄이 어느 집 앞으로 집결했다. 형사들이 쏟아져 내려 집 안으로 달려 들어갔고, 잠시 후, 40대 남자 하나가 형사들에게 끌려 나왔다.

다리를 조금 절면서 지능도 약간 모자라 보이는 남자였다. 경찰차 뒤편을 가득 메우고도 모자라 이리저리 틈을 비집고 고개를 내민 구경꾼들이 혀를 차며 사내를 손가락질했다. 그런데 모든 것을 포기한 듯 체념 어린 표정을 하고 있던 남자가 갑작스레 멈춰 섰다.

남자는 뒤를 돌아보았는데, 그의 시선이 닿은 곳에는 사내아이 하나가 서 있었다. 집 현관까지 따라 나온 사내아이가 멍한 표정으로 남자를 바라보고 있었다. 쏟아지는 비를 고스란히 맞고 선 아이가 조용히 중얼거렸다.

"아버지…"

안타까운 표정으로 아이를 보던 남자는 다시 형사들에게 끌려갔다. 남자를 경찰차에 밀어 넣는 최창식. 무심코 뒤를 돌아보는데, 아이는 아직도 그대로 선 채로 망연히 형사들을 바라보고 있었다.

'맞아. 그 다음에는 현장 검증을 하고…'

진규 아버지가 어눌한 모습으로 현장 검증을 실시하고 있었다. 몰래 음료수 잔에다 청산가리를 타서 사람들에게 먹이는 모습 재현하는 남자. 그 주위로 보도진들 플래시가 펑펑 터졌다.

발표하고 마무리가 되었지…'

강력반장이 수많은 보도진 앞에서 서장이 사건 경위를 설명했다.

"피의자 김봉수는 신체적 장애와 함께 경미한 정신지체가 있는 자로서, 그가 심부름꾼으로 일하던 비밀 도박장에서 상습적으로 멸시와 구타를 당하면서도 보수도 제대로 받지 못했던 것으로 확인되었습니다."

지금 서장인 반장은 플래시를 받으면서 계속 발표했다.

"범행 당일에도 도박장 주인은 물론 도박에서 돈을 잃은 사람들에게까지 심한 구타를 당했던 범인은, 그에 앙심을 품고 음료수 잔에다 청산가리를 타서 사람들에게 먹이는 방법으로 열두 명을 살해했다는 일체의 자백을 받았습니다. 범인의 자백 이외에도, 음료수 잔에 묻은 범인의 지문과, 범행을 직접 목격한 증인 두 사람을 추가로 확보하고…"

아주 오래 전 기억, 하지만 워낙 강렬했던 기억이라 아직도 잊을 수 없는 그런 기억이었다. 하지만 최 반장의 관심은 다른 것보다 아까 보았던 아이에게 집중되었다. 그 아이가 누구인지 알 것 같았기 때문이었다.

'김진규… 김진규가 바로…'

최 반장은 그런 생각을 하면서 눈을 번쩍 떴다.

압박

최 반장은 컴퓨터 앞에서 옛 사건 기록을 보고 있었다. 그런데 기록을 보면서 최 반장은 계속해서 놀라고 있었다. 당시 범인의 범행을 직접 목격했다고 증언한 증인의 이름이 바로 정지수와 이정훈이었다. 바로 자신이 죽인 두 사람!

　　자신의 선배들이 살해당한 건 알고 있었지만, 정지수와 이정훈까지 관련이 있다는 건 자료를 보면서 알았다. 최 반장은 숨이 턱턱 막히는 것 같았다. 상대가 쳐 놓은 올가미에 걸려서 버둥거리고 있는 느낌이 들었다. 최 반장은 떨리는 손으로 자료를 넘겼다.

최 반장은 당시 수사팀의 이름을 하나씩 짚어 확인했다. 당시 반장은 지금의 서장. 그리고 그 밑에 세 명의 형사들, 그리고 막내 형사는 바로 자신. 그리고 세 명의 형사들은 앞에서 확인한 안양, 진천, 광명의 희생자들이었다.

"역시…"

모든 것이 확연해졌다. 옛날 그 사건을 수사했던 팀원 중에서 생존자는 서장과 자신 두 사람뿐이었다. 최 반장은 충격을 받아 잠시 멍한 표정으로 있었다.

모든 것이 그날부터 시작되었던 것이다. 잘못된 선택을 했던 그 순간부터. 최 반장은 다시 자료를 뒤적였다. 다시 수사 기록을 보니 당시 범인의 유일한 가족인 아들은 12세의 김진규라고 되어 있었다.

최 반장은 품에서 사진을 꺼냈다. 영화배우 김진규의 사진. 예전에 보았던 그 아이의 얼굴과 어딘가 닮아 있는 것 같은 영화배우 김진규의 얼굴. 최 반장은 멍한 표정으로 사진을 보고 있었는데, 갑자기 진규의 얼굴이 조금 움직인 것 같았다.

이상하다는 생각에 사진을 자세히 보았는데, 갑자기 김진규의 얼굴이 자신을 보면서 씨익 웃었다. 그리고 갑자기 눈이 쭉 찢어지고 섬뜩한 살인마 같은 얼굴로 변하더니 최 반장을 덮쳐 왔다.

　최 반장이 그렇게 혼란과 충격의 시간을 보내고 있을 때, 수사본부에는 손님 한 명이 들어오고 있었다. 양복을 단정하게 차려입은 남자 한 명이 당당한 걸음걸이로 수사본부 안으로 들어왔는데, 마치 자기 집에 온 것처럼 아주 태연한 표정이었다.

　너무나도 자연스러운 태도에 아무도 그에게 신경을 쓰지 않았다. 당연히 있어야 할 자리에 온 것 같이 굴었기 때문이었다. 산책이라도 나온 것처럼 수사본부 안을 쓱 둘러본 남자는 가장 가까이 있는 사람에게 뚜벅뚜벅 걸어갔다.

　그제야 낯선 사람이라는 걸 깨달은 박 형사가 남자를 힐끔 보더니 물었다. 아주 형식적이고 의례적인 태도로.

　"어떻게 오셨습니까?"

　"자수를 좀 하려고 왔는데요."

　박 형사의 질문에 김진규는 수사본부 안을 구경하면서 대답했다. 아주 편안한 얼굴로.

　"네? 자수요? 무슨 자수를…"

　조금 이상하다는 걸 느낀 박 형사는 다시 질문했는데, 여전히 심각하게 생각하지는 않는 듯했다. 진규를 제대로 쳐다보지도 않고 대충 묻는 태도였다. 역시나 김진규도 아무렇지 않은 이야기라는 듯 말했다.

"예… 제가 얼마 전에 사람을 죽여서 저 앞 공사장 타워크레인에다가 매달았거든요."

아주 느릿느릿, 여유 있게 말했다. 여기저기를 구경하면서. 박 형사의 고개가 스윽 김진규 쪽으로 돌아갔다. 자신이 잘못 들은 게 아닌가 싶은 표정을 하고서. 하기야 저렇게 여유 부리면서 사람을 죽였다고 말하는 사람을 언제 보았겠는가. 박 형사는 자신이 잘못 들었나 싶어서 다시 조심스럽게 물었다.

"저기, 다시 한 번 말씀해주시겠습니까?"

"저기에 사람을 죽여서 크레인에다 매단 범인이 바로 나라고요."

김진규는 손가락으로 창문 밖을 가리키면서 대답했다. 여전히 여유 만만하게 웃으면서. 안쪽에서 통화 중이던 오 형사와 옆자리의 다른 경찰들도 진규에게 시선을 돌렸다. 수사본부 안은 갑자기 찬물을 끼얹은 듯 조용해졌다.

잠시 후, 놀라서 멍하게 있던 오 형사와 팀원들이 김진규에게 서둘러 다가갔다. 그리고 조 형사는 허겁지겁 다른 곳을 향해 달려갔다. 조 형사는 문을 벌컥 열면서 소리쳤다.

"대장님, 빨리 좀 나와 보십쇼! 김진규라는 사람이 자수를 해 왔습니다!"

최 반장은 깜짝 놀랐다. 수사본부 자료실에서 아직도 충격에서 헤어나오지 못하고 있던 그의 손에는 김진규의 사진이 들려 있었다.

"뭐? 누가 자수를 해?"

최 반장은 크게 소리치면서 자리에서 벌떡 일어섰다. 그리고 수사본부로 서둘러 발걸음을 옮겼다. 진규의 등장으로 어수선한 수사본부. 최 반장이 도착했을 때, 진규는 오 형사와 팀원들의 손에 끌려 취조실 안으로 들어가고 있었다.

취조실로 끌려 들어가던 김진규는 최 반장을 보더니 입가에 미소를 지었다. 아주 기분 나쁜 미소를. 최 반장은 충격을 받은 듯 제자리에 서서 김진규가 들어간 문을 쳐다보고 있었는데, 강 차장이 급이 들어오면서 최 반장을 불렀다.

"최 반장! 난리 났다 지금!"

강 차장은 손가락으로 위를 가리키면서 말했다. 최 반장은 복잡한 표정으로 한숨을 내쉬었다. 하기야 이런 상황을 들었으면 서장이 가만히 있겠는가. 지금쯤 멧돼지처럼 콧김을 씩씩 내뿜으면서 큰소리를 치고 있을 것이다. 최 반장은 서둘러 서장실로 향했다.

최 반장이 강 차장과 함께 서장실에 들어가니 간부들이 대부분 자리에 앉아 있었다. 최 반장도 자기 자리에 앉았는데, 책상 위의 전화와 인터폰이 요란하게 울리기 시작했다. 하지만 서장은 그걸 받을 수 없었다. 휴대전화로 누군가와 통화를 하고 있었기 때문이었다.

아주 곤란한 표정이었지만, 공손하게 통화하는 서장을 보니 아마도 윗사람의 연락을 받은 모양이었다. 그러는 사이에도 책상 위의 전화와 인터폰은 계속해서 요란하게 소리를 내고 있었다.

서장은 통화를 하다가 짜증스럽다는 눈짓을 주었고, 가까이 있던 간부가 계속 울리는 전화 수화기를 조용히 들었다 놓았다. 그제야 조금 조용해진 실내. 하지만 서장의 긴장된 통화는 계속되었다.

"증거조작이라뇨? 그럴 리가 있겠습니까. 예⋯ 그럼요⋯"

서장은 쩔쩔매면서 대답했다.

"네! 게시판 내용은 지금 즉시 확인하고 바로 조치하겠습니다. 네, 알겠습니다. 네, 네, 조속히 마무리 짓겠습니다!"

간신히 전화를 끊은 서장은 의자에 털썩 주저앉았다. 밤

새 일이라도 한 사람처럼 피곤한 얼굴을 하고서. 서장은 긴 탄식을 토해내더니 이마에 흐른 땀을 닦았다. 사람들은 서장의 행동 하나하나에 긴장하면서 침묵하고 있었다. 무거운 분위기는 서장이 입을 열고서야 깨어졌다.

"어떤 놈이 경찰청 게시판에다 우리가 증거조작 중이라는 글을 올렸댄다. 정보팀에서 바로 발견해서 삭제했는데도, 그새 조회 수가 천 건이 넘었대. 사방이 난리다 지금."

방 안에 있는 사람들이 웅성거렸다. 증거조작이라니. 굉장히 민감한 문제였다. 서장은 무척이나 지친 목소리로 이야기를 계속했다.

"거기다 자기가 범인이라고 자수한 놈까지 나타났으니… 이거, 일이 대체 어떻게 돌아가는 거냐? 응?"

하지만 아무도 그 말에 대답하지 않았다. 서장은 사람들을 쳐다보았지만, 서장의 시선을 피하기 바빴다. 서장은 화가 치밀어 올랐지만, 억지로 감정을 추스르고 다시 이야기했다.

"일단, 국과수와 진행하던 일은 전부 없었던 일로 해. 일이 너무 커졌어. 그리고 최 반장은 이 시간 이후로 사건에서 손 떼."

서장은 최 반장을 보면서 이야기하다가 고개를 돌려 강

차장을 쳐다보았다.

"강 차장이 직접 나서. 인력 더 보강하고, 처음부터 전부 다 다시 시작해! 본청에서 직접 수사지휘 하겠다는 걸 억지로 막았으니까 정신 똑바로 차려라! 까딱하면 다 죽는 거다 우리!"

"알겠습니다!"

최 반장은 상황이 점점 더 암담해지고 있다는 걸 느꼈다. 올가미가 점점 자신을 죄어오고 있었다. 벗어나려고 계속 발버둥 쳤지만 아무런 소용이 없었다. 도대체 뭘 어떻게 해야 지금 상황에서 벗어날 수 있는지 생각이 나지 않았다.

최 반장은 서장을 쳐다보았다. 김진규의 칼날은 자신뿐 아니라 서장에게도 향하고 있었다. 아직 서장은 그런 사실을 모르고 있었지만. 서장은 옆에 있는 사람에게 질문을 던졌다.

"그리고 그, 자수한 놈은…"

"김진규입니다."

"그래, 김진규. 지금 어디 있나?"

"수사본부에서 취조를 진행하고 있을 겁니다."

서장은 자리에서 벌떡 일어서서 잰걸음으로 나갔고, 사람들이 우르르 일어나서 그 뒤를 따랐다. 서장은 취조실이 보이는 암실로 들어가 창 너머에 있는 김진규를 쳐다보았다.

김진규는 취조실에 혼자 앉아 있었다. 혼자 있었지만, 유유자적하고 여유만만한 표정이었다. 두렵다거나 흔들리는 모습은 보이지 않았고 오히려 능청스럽기까지 했다.

서장은 그런 김진규를 어처구니가 없다는 듯 쳐다보았다. 뭐 저런 놈이 다 있느냐는 그런 표정. 서장의 뒤에 있는 사람들도 비슷한 얼굴이었다.

"28세 김진규. 영화배우를 했었고 마약 경력이 몇 차례 있습니다. 사건 경위를 속속들이 알고 있는데, 상세한 진술은 계속 거부하고 있습니다."

오 형사의 보고에 모두가 고개를 갸웃거렸다. 자수하러 왔는데 진술을 거부한다는 게 말이 안 되는 일이었던 것이다.

최 반장은 다른 사람과는 달리 조금은 날카로운 눈매로 김진규를 쳐다보고 있었다. 저놈이 이 모든 걸 계획한 놈이라고 생각하니 자신도 모르게 살의가 올라오는 걸 느꼈다. 김진규가 왜 저러는지는 알고 있다. 하지만 그게 벌써 얼마나 된 일인가. 그리고 그 때는 그럴 만한 사정이 있었다.

하지만 서장이나 다른 사람은 이상하다는 듯 웅성거렸고,

그런 분위기를 알아챈 오 형사는 재빨리 말을 덧붙였다.

"수사 책임자인 최 반장님과 직접 이야기하고 싶답니다."

최 반장은 긴장된 표정으로 취조실 안의 진규를 바라보았다. 그냥 자신을 부르는 것이 아닐 것이다. 분명히 무슨 꿍꿍이가 있을 터.

'뭐야? 도대체 또 무슨 수작을 부리려고…'

최 반장은 화가 치밀어 오르면서도 공포심이 스멀스멀 피어오르는 걸 느꼈다.

"들어가 봐. 무슨 얘기를 하는 건지 한 번 들어보자고."

서장이 최 반장에게 들어가라고 손짓하면서 이야기했다. 최 반장은 조금 망설여졌지만, 결심하고는 취조실 안으로 들어갔다. 문을 닫은 최 반장은 커다란 유리를 쳐다보았다. 저 유리 바로 뒤에는 서장과 간부들이 쭉 서서 자신과 김진규를 지켜보고 있을 것이다.

짧게 숨을 내쉬고 마음을 굳힌 최 반장은 진규 앞에 있는 의자에 앉았다. 진규는 최 반장을 보고는 보일 듯 말 듯한 미소를 지었다. 최 반장은 자신을 조롱하는 것 같아서 울컥하는 마음이 들었다.

마음 같아서는 주먹이나 몽둥이로 눈매가 고분고분해질

때까지 두들겨 패고 싶었다. 주류 창고에서 마약상을 팬 것처럼. 하지만 모두가 보고 있는 자리에서 그런 짓을 할 수는 없는 일이다.

최 반장은 치밀어 오르는 감정을 꾹꾹 억누르고 김진규를 쏘아보았다. 김진규는 빙글빙글 웃으면서 최 반장을 쳐다보았는데, 너무나도 태연자약한 모습에 취조실을 바라보던 사람들은 모두 어이가 없어 했다.

"이야기 시작하기 전에, 그것 좀 꺼주시죠?"

최 반장이 막 이야기를 하려는데 김진규가 먼저 말을 툭 내뱉었다. 최 반장은 무슨 말을 하느냐는 표정으로 쳐다보았는데, 김진규는 피식 웃었다.

"그거요. 밖으로 나가는 스피커 스위치."

김진규는 손가락으로 어딘가를 가리키면서 이야기했다. 최 반장은 난감한 표정으로 취조실 유리를 슬쩍 쳐다보았다. 그건 자신이 하고 말고를 결정할 수 없는 일이었기 때문이었다.

취조실 안을 보고 있던 사람들도 뜻밖의 말을 들어서인지 술렁거렸다. 서장도 고민이 되는지 망설였는데 이내 마이크를 잡더니 이야기했다.

"그렇게 해."

어차피 이야기가 진행되어야 한다. 저 김진규라는 놈의 입에서 뭐라도 나와야 대응을 할 것 아닌가. 안 된다고 했다가 입 다물고 있으면 손해 보는 건 경찰이었다. 사방에서 온갖 억측이 난무할 테고 신이 난 언론에서는 줄줄이 몰려들 것이다. 먹잇감을 노리는 하이에나 떼처럼. 그러니 일단은 무슨 말을 하는지 듣는 게 우선이었다.

최 반장은 유리를 쳐다보면서 고개를 살짝 끄덕이고는 취조 테이블 밑에 있는 스위치를 내렸다. 딸깍 하는 소리가 났고, 취조실 안의 대화가 밖에서는 들리지 않는 상황이 되었다는 걸 알았다는 듯 김진규가 입을 열었다.

"시작하세요, 이제."

자신의 말에도 최 반장이 가만히 있자 김진규는 다시 이야기했다.

"취조하시라구요."

최 반장은 진규를 쏘아보다가 질문을 던졌다.

"네가 정말로 정지수를 죽였어?"

일종의 미끼. 김진규가 정말로 이 모든 사건의 배후에 있는지 확인하기 위한 미끼였다. 마침 좋은 기회이지 않은가.

밖에는 소리가 들리지 않는다. 이곳에서의 대화는 김진규와 자신밖에는 들을 수가 없다.

그래서 한번 던져보았다. 김진규가 어떤 식으로 대답할지 보기 위해서. 김진규는 최 반장의 말에 피식 웃었다. 지금 무슨 말을 하느냐는 듯이. 그리고는 최 반장을 지그시 쳐다보면서 이야기했다.

"설마요, 그럴 리가 있겠습니까? 반장님이 죽이는 걸 내가 다 봤는데…"

최 반장은 놀라서 순간적으로 표정이 흔들렸다. 혹시나 하면서 물었다. 그리고 이런 대답이 나올 수도 있다고 생각했다. 하지만 막상 눈앞에 그런 상황이 펼쳐지니 생각했던 것 이상으로 끔찍한 기분이었다. 무섭게 엄습하는 공포. 그리고 그 뒤를 이어 솟구치며 터지는 분노.

하지만 최 반장은 저 유리 너머에서 자신과 김진규를 지켜보고 있을 사람들을 생각해 필사적으로 표정을 관리했다. 그런 모습을 조롱하듯 고개를 모로 비틀며 흥미로워하는 김진규의 모습에 최 반장의 눈이 사납게 번뜩였다. 김진규는 그런 그의 내심을 무시하며 느물거리는 표정으로 말을 이어갔다.

"원래는 이렇게 소란을 피울 생각은 없었어요. 반장님도 그냥 밖에서 조용히 만날 생각이었다니까요."

김진규는 몸을 조금 최 반장 쪽으로 다가가면서 능글맞은 표정으로 말을 이었다.

"그런데 말이에요. 가만히 보니까, 이 무시무시한 사건을 이상하게 만들더니 대충 덮으려고 하더란 말입니다. 예전처럼 말이에요. 반장님은 그렇게 생각하지 않으세요?"

최 반장은 대답하지 않았다. 아니, 대답할 수 없었다. 김진규는 천천히 말을 계속 했다.

"어쩌겠습니까. 이대로 두면 똑같이 될 텐데 말이에요. 그래서 이렇게 직접 왔습니다."

김진규는 양손을 앞으로 과장되게 들어 보이면서 말했다. 최 반장은 살벌한 눈빛으로 김진규를 노려보다가 이름을 불렀다.

"김,진,규."

씹어뱉듯 한 글자씩 내뱉는 최 반장의 얼굴이 악귀처럼 일그러져 있었다. 그 안에 담긴 섬뜩한 적의와 사나움에도 김진규는 태연한 얼굴로 대답했다. 제집 안방에라도 있는 것처럼 한껏 풀어진 자세가 최 반장을 계속해서 자극했다.

"네…"

최 반장은 강한 눈빛으로 김진규를 노려보면서 말했다.

"아버지 때문에 이러는 거냐?"

김진규는 자신은 잘 모르는 이야기라는 듯 딴청을 피웠다. 최 반장은 날카로운 눈매로 쏘아보면서 계속해서 나지막이 으르렁거렸다.

"안양, 진천, 광명…. 너지? 나한테 정지수를 보낸 것도, 크레인에다 시체를 매단 것도. 전부 다 네가 시킨 짓이지?"

"이야! 생각보다 대단하신데요?"

김진규는 퀴즈의 정답을 들은 것처럼 손바닥을 치며 요란을 떨어댔다. 최 반장은 그런 그를 노려보다 몸을 숙이고는 얼굴을 바짝 붙였다.

"그만해… 오래전 일이야."

험악한 표정에 보통 사람이었다면 겁을 먹었을 법했는데, 김진규는 전혀 동요하지 않았다. 오히려 얼굴을 살짝 앞으로 들이밀면서 말했다. 정말 안타깝다는 표정을 하고서.

"아쉽네요. 처음 계획대로 반장님이 그날 그냥 죽었더라면 이런 일은 없었을 텐데… 그럼, 그냥 순서대로 하나씩 다 죽고 끝나는 건데 말이에요."

그는 다시 몸을 뒤로 젖혔다. 그리고 장난스럽게 원망하는 듯한 표정을 지으며 말했다.

"반장님이 도리어 그놈을 죽여 버리는 바람에 일이 이렇게 꼬였잖습니까. 이게 다 반장님 때문이에요, 반장님 때문."

거기까지 이야기한 진규는 갑자기 키득거렸다. 그러다 갑자기 웃음을 멈추고는 말을 이었다.

"덕분에 일이 더 재미있어지긴 했어요. 아주 흥미진진하던데요? 사람이 궁지에 몰리면 정말 별짓을 다 해요. 그렇죠?"

최 반장은 치밀어 오르는 분노를 참을 수가 없었다. 끈끈이가 들러붙은 발을 빼내려다 서서히 죽어가는 생쥐라도 바라보듯 자신을 조롱하는 김진규의 행동에 화가 났다. 하지만 그럼에도 불구하고 그런 그를 그대로 지켜봐야 하는 자신의 처지에 미쳐버릴 것만 같았다.

당장에라도 천연덕스럽게 지껄여대는 주둥이를 깨부수고 혀를 뽑아내고 싶었지만, 유리 너머에서 자신을 주목하고 있을 사람들을 의식해 겉으로는 평상시와 같은 모습을 연기해야 했다.

혹시라도 이상한 낌새를 눈치 챈 사람들이 상황을 캐묻다가 저주스러운 주둥이에서 그가 그토록 감추고 싶어 하는 사건의 진상이 까발려지기라도 했다가는 모든 것이 끝장이었다.

그런 최 반장을 보고 히죽 웃으면서 김진규는 혼잣말을 하듯 이야기했다.

"그러고 보면 사람은 참 멍청하더라고요."

최 반장은 숨소리를 거칠게 내쉬면서 이를 악물었다. 하지만 김진규의 이야기는 멈추지 않았다.

"실수로 저지른 죄를 감추기 위해 또 다른 죄를 저지르고, 그 죄를 감추기 위해서 더 큰 죄를 저지르고… 그러다가 약에 빠져서는 시키는 건 뭐든지 하더라구요. 뭐, 지금까지 보면 반장님도 별로 다를 건 없어 보이지만 말이에요."

거기까지 말한 김진규는 갑자기 최 반장에게 몸을 스윽 다가가면서 이야기했다.

"반장님이 그놈들 역할을 대신 해주셔야겠어요. 내 수족 같던 놈들을 반장님이 다 죽여 버려서 일할 사람이 없거든요. 그렇게 해 주실 거죠?"

최 반장은 무시무시한 눈으로 김진규를 노려보았다. 그리고 이를 갈면서 대답했다. 절대로 김진규의 뜻대로는 해주지 않을 거라는 듯이.

"천만에…"

"글쎄요… 이거 어쩌나. 그날 밤 우면산에서 반장님이 영화 찍은 게 제 휴대전화에 있는데… 요즘은 이런 거 순식간에 퍼지거든요."

최 반장은 놀랐지만 지지 않고 더 사나운 눈빛으로 노려보았다. 여기서 상대의 술수에 놀아나면 어디까지 끌려 다닐지 모르는 일이다. 이대로 김진규의 말대로 움직이는 꼭두각시가 될 수는 없지 않은가.

"반장님, 반장님이 해야 할 일… 아시죠? 헷갈릴 일도 없겠네요. 한 명뿐이니까."

김진규는 그렇게 이야기하면서 슬쩍 취조실 유리를 쳐다보았다. 마치 그 뒤에 서장이 있다는 걸 알기라도 하는 듯이. 최 반장의 눈이 커졌다. 직접 언급은 하지 않았지만, 누구인지는 뻔한 일 아닌가!

김진규는 바로 말을 이었다. 최 반장의 표정을 보고는 무슨 말인지 알아챘다는 걸 확인했으니 길게 끌 필요가 없었다.

"잘 아시는 것 같으니 말 길게 할 것 없어서 좋네요. 맞아요, 그 사람이에요."

그 말에 최 반장은 주먹을 꽉 쥐었다.

"야, 김진규… 너 정말…"

"왜요? 이미 둘씩이나 죽였으면서. 하나 더 죽이는 게 뭐그리 어렵다고…"

220

김진규는 최 반장의 행동이 이해가 되지 않는다는 표정으로 이야기했다. 최 반장은 속에서 부글부글 끓어오르는 화를 참느라 얼굴이 시뻘겋게 달아올랐다. 그리고 진규를 잡아먹을 것 같은 표정으로 노려보았다.

격한 감정으로 진규의 멱을 잡을 듯이 얼굴을 들이민 최 반장. 하지만 그는 머릿속에서 떠올린 걸 행동으로 옮길 수 없었다. 유리 건너편에서 지금 이 광경을 지켜보고 있는 사람들 때문에. 하지만 솟구치는 살기를 누르지 못해 눈이 시뻘겋게 충혈되었다.

무시무시한 표정과 험악한 기세. 누구라도 움츠러드는 게 당연할 것 같은 상황이었지만, 김진규는 시종일관 흔들림 없는 모습을 유지했다.

"시간은 오늘 밤 아홉 시까지. 앞으로 두 시간."

진규는 태연한 표정으로 말했다.

"간단하잖아요. 하거나 하지 않거나. 선택은 반장님이 하세요. 뭐, 어느 쪽을 선택하든 결과는 비슷할 것 같지만 말이에요."

잠시 고민하던 최 반장은 차가운 미소와 함께 살기 띤 시선으로 노려보며 속삭였다.

"더 이상 끌려다니진 않을 거다… 한 가지만 분명히 알아

뭐… 여기서 멈추지 않는다면, 넌… 내 손에… 죽어."

하지만 그 모습을 비웃기라도 하듯 빙긋이 웃으면서 진규가 다시 입을 열었다.

"저는 이만 가봐야겠네요. 혐의없음으로 결론지어서 내보내 주세요."

일방적으로 대화를 끝낸 진규가 담담히 최 반장을 쳐다보았다. 최 반장도 지지 않겠다는 듯 진규를 노려보았는데, 둘 사이의 긴장감이 팽팽하게 유지되었다. 하지만 둘 사이에 어떤 대화가 이어지고 있는지 모르는 취조실 건너편 방에서는 사람들이 심각한 표정으로 서 있었다.

만약 김진규가 진범이라면 어떤 상황이 벌어질 것이라는 걸 아는 사람들은 신경을 곤두세우고 있었다. 둘이 도대체 어떤 대화를 하는지 궁금해 하던 사람들은 최 반장이 자리에서 일어서자 하던 이야기를 멈추고 모두가 문을 쳐다보았다.

잠시 후, 최 반장이 들어오자 서장과 간부들 그리고 팀원들이 일제히 최 반장 앞으로 모여들었다. 갑작스럽게 사람들이 자신에게 다가오자 난감해 하는 최 반장에게 서장이 다급한 목소리로 물었다.

"뭐래? 정말 저놈이 한 짓이야?"

최 반장은 이곳으로 오면서 미리 생각한 대답을 했다. 아주 태연한 척하면서.

"진술에 신빙성이 전혀 없습니다. 알려진 사실에 이거저거 상상력을 발휘한 것 같은데, 들어보면 오락가락합니다. 하지만 뭔가 있을 수도 있으니, 일단은 잡아 두고 상황을 좀 더 봐야 할 것 같습니다."

"그래?"

서장은 진범이 아닌 것 같다는 말에 화색이 돌았다. 얼마나 다행인가! 만약 김진규가 진범이라면 정말 큰일 나는 거였다. 자신들이 사건을 조작했다는 게 세상에 알려지게 되는 것이니 그것보다 더 큰 일이 어디 있겠는가.

그런데 그냥 헛소리를 하는 놈이란다. 서장은 한숨 돌렸다는 표정이었다. 하지만 아직 안심할 수는 없었다. 서장은 강 차장을 향해 이야기했다.

"강 차장이 다시 한 번 들어가 봐."

"네!"

강 차장은 호기롭게 대답하고는 취조실 안으로 들어갔고, 서장과 나머지 사람들은 취조실 유리 밖에서 다시 취조실을 쳐다보았다. 최 반장도 긴장한 모습으로 두 사람 모습에 집중했다. 하지만 스위치가 꺼져 있어서 안에서 무슨 이야기가 오가는지는 들리지 않았다.

다만 표정을 통해서 짐작할 뿐이었는데, 강 차장이 말하면 간간이 뭐라 답하는 진규 모습이 반복적으로 보였다. 하지만 강 차장의 표정으로 보아서 상황이 심각해 보이지는 않았다. 강 차장은 대화하면서 종종 황당하다는 표정을 지어 보였으니까.

취조실에서 나온 강 차장은 서장에게 와서는 고개를 설레설레 저으면서 말했다.

"저놈 제정신이 아닙니다. 최 반장 말대로 계속 헛소리만 지껄이고 있는데, 도저히 들어 줄 수가 없습니다."

서장은 고개를 끄덕였다. 그렇다면 이쪽은 문제가 없다는 뜻이었으니까. 서장은 취조실 안쪽의 진규를 보다가 팀원들을 둘러보며 말했다.

"앞으로는 강 차장이 직접 수사를 지휘한다! 정신들 똑바로 차려!"

서장이 수사본부를 나가자 팀원들은 어떻게 된 일이냐는 표정으로 최 반장을 보았다. 왜 갑자기 강 차장이 지휘하게 되었느냐는 표정. 최 반장은 쓸쓸하게 웃으면서 말했다.

"수사경과 정확하게 보고 드리고, 협조 잘 해드려."

그렇게 말하고는 취조실 안의 진규를 물끄러미 쳐다보던 최 반장은 갑자기 급하게 수사본부를 나갔다.

수사본부를 나와 자신의 방에 들어온 최 반장은 초조한 모습으로 계속해서 시계를 보면서 서성였다. 최 반장의 뇌리에는 자꾸만 취조실에서의 진규 모습이 떠올랐다.

"반장님, 반장님이 해야 할 일… 아시죠? 헷갈릴 일도 없겠네요. 한 명뿐이니까."

한숨을 내쉬고 시계를 보고, 다시 서성이다가 한숨을 내쉬고 시계를 보고. 다람쥐가 쳇바퀴를 돌 듯 똑같은 행동을 하던 최 반장은 책상 위에 있는 수사기록이 눈에 들어왔다. 이 사건의 수사 기록.

최 반장은 종이를 넘기는데, 자신이 죽였던 정지수와 이정훈의 사진을 보게 되었다. 사진을 보자 일전에 동재가 한 말이 떠올랐다.

"믿기로 했습니다. 제가 아는 그분이라면 틀림없이 현명한 해법을 찾으실 거라고 말입니다."

최 반장은 한숨을 길게 내쉬었다. 궁지에 몰려 돌아갈 수 없는 곳까지 와버린 자신의 처지에 한탄했지만, 지금에 와서 후회해봐야 변하는 것은 없었다.

범행을 자백할 수도, 그렇다고 이 사실에 관계된 모든 이들을 이 세상에서 지워버릴 수도 없었다. 좀처럼 답이 나오지 않는 상황에 그는 몇 번이고 사건을 되짚어 보며 고민에 고민을 거듭했다.

최 반장이 방 안에서 그렇게 갈등하고 있는 사이, 수사본부 회의실에서는 강 차장의 주재 하에 회의를 하고 있었다. 강 차장뿐만 아니라 새로운 형사들이 보강되어 참석해 있었는데, 오 형사가 그동안의 수사 내용을 설명하고 있었다.

CCTV 내용, 국과수 조사 내용 등 전반적인 내용을 쭉 설명했다. 내용을 듣던 강 차장은 간간이 못마땅해 하는 모습 보였는데, 그럴 때마다 오 형사는 난감한 표정을 지으면서 다시 설명했다. 그렇게 수사 경과보고를 다 들은 강 차장은 새로운 지시를 내렸다.

"일단, 공사장 현장 감식 내용부터 다시 체크해! 크레인 조종석 부분에 대한 조사가 부족하잖아! 그게 문제야 그게. 그런 기본적인 부분을 왜 놓치냐고!"

참석자들은 강 차장의 말을 수첩에 열심히 받아 적었다. 강 차장은 자신의 앞에 놓인 수사 자료들을 하나씩 검토했는데, 그러다가 김진규 자료가 나오자 어처구니가 없다는 듯 말했다.

"김진규… 이 똘아이 새끼 이거…"

코웃음을 치고는 잠시 고민 하던 강 차장은 오 형사를 보면서 이야기했다.

"신원 파악만 철저히 해놓고, 내보내!"

"48시간은 잡아둘 수 있는데요. 좀 더 두고 보시는 게…"

오 형사가 조심스럽게 이야기했지만, 강 차장은 버럭 소리를 질렀다.

"데리고 살래? 두고 보긴 뭘 두고 봐! 이런 미친놈들 때문에 수사가 더 혼란스러워지는거 아냐! 기자들 쫙 깔렸는데 혐의도 확실치 않은 배우 놈 잡아 놓고 있다가 문제 생기면 어떡할라 그래? 당장 내 보내!"

취조실 안에 조용히 앉아 있던 김진규는 자신에게 나오라고 하는 형사를 보고는 씩 웃었다. 김진규는 천천히 몸을 일으키고 형사를 따라 경찰서 정문 밖으로 나갔다. 밖으로 나온 김진규는 경찰서를 돌아보면서 희미한 미소를 지었다. 아련한 느낌이 드는 아주 옅은 미소를.

진실

자신의 경찰 신분증을 물끄러미 보고 있던 최 반장은 마음을 굳혔다는 듯 고개를 끄덕였다. 그리고 별안간 책상 위를 정돈하기 시작했다. 권총과 신분증, 그리고 휴대전화를 꺼내서 책상 위에 가지런히 올려놓고는 방을 한번 둘러보았다.

　　이제는 모든 것을 정리해야 할 순간이었다. 이대로 김진규에게 질질 끌려다닐 자신의 모습이 끔찍하기만 했다. 자신이 평생에 걸쳐 이루어온 이력들이 보였다. 가장 최근에 받았던 대통령상 상패를 물끄러미 바라보던 그가 한숨을 내쉬었다.

사람 앞 일, 알 길이 없다더니 이런 식으로 모든 것을 잃게 될 줄은 상상도 하지 못했다. 하지만 후회는 아무리 빨라도 늦는 법, 이제는 정말로 모든 걸 정리해야 할 때였다. 최 반장은 바싹 메마른 얼굴로 문을 열고 나섰다.

평소에도 항상 오가던 경찰서 복도가 오늘따라 낯설게만 느껴졌다. 어깨를 펴고 당당하게 범인을 인도했던 그가, 지금은 마치 범죄자처럼 어깨를 움츠리고 음울한 표정으로 걸음을 옮기고 있었다. 무겁게 느껴지는 한발 한발을 내디뎌 결국 서장실 앞에 도착한 최 반장은 서장실의 문을 물끄러미 바라보았다.

마지막 인사는 서장에게 하는 것이 옳다고 생각했다. 그래도 십오 년 동안 동고동락을 한 사이 아니던가. 그러니 마지막도 서장에게 인사를 하면서 마무리하는 게 좋겠다고 생각한 거였다.

한참을 우두커니 서 있던 최 반장은 이윽고 결심한 듯 눈을 감고 심호흡을 했다. 유달리 차갑고 무겁게만 느껴지는 문고리를 힘주어 돌린 그가 안으로 들어섰다. 비서 경찰의 경례에 그가 지독스러울 정도로 바싹 마른 음성으로 물었다.

"서장님 안에 계시지?"

최 반장은 서장실로 들어가려고 했는데 비서 경찰이 그를 제지했다.

"서장님, 나가셨는데요."

"나가셨어? 언제?"

최 반장은 놀라면서 물었다.

"한, 삼십 분쯤 됐습니다. 올림픽 공원 소마 갤러리에서 단체장들 모임이 있으시다고…"

온몸에 맥이 빠졌다. 애써 다졌던 각오가 산산이 흩어지는 기분에 저도 모르게 신음이 잇새를 비집고 흘러나왔다. 마음 같아서야 단체장들의 모임이고 뭐고 간에 당장에 이 답답한 속내를 털어내고 한시라도 빨리 홀가분해지고 싶었다. 하지만 그마저도 할 수 없다는 사실에 그는 결국 고개를 떨구고는 다시 방으로 돌아갔다.

오늘따라 유달리 쓸쓸하게 보이는 방을 둘러보던 그는 불현듯 불길한 예감이 들었다. 마치 누군가가 등을 떠민 것처럼 저도 모르는 사이에 취조실을 향한 그가 문을 벌컥 열었다.

없었다. 당연히 있으리라고 생각한 김진규가 취조실에 없었다. 아연실색한 최 반장은 황급히 수사본부로 돌아와 형사들에게 다소 성마른 음성으로 물었다.

"김진규 어디 갔어?"

"내보냈습니다… 강 차장님이…"

턱으로 슬쩍 회의실을 가리키며 말하는 오 형사의 모습에 최 반장의 표정이 무거워졌다. 마지막 매듭을 풀어내기 위해서는 김진규가 반드시 있어야 했다. 자꾸만 의도치 않게 어그러지는 일들이 엉망진창으로 머리를 휘저어댔다.

최 반장의 표정이 심상치 않자 오 형사가 가까이 다가오며 이야기했다.

"혹시 몰라서 애들을 붙여 놨는데… 왜 그러세요 형님?"

"그래? 지금 어디 있는지 확인해 봐!"

"예."

오 형사가 핸드폰을 손에 쥔 바로 그 시각, 올림픽 공원 주차장으로 동재가 운전하는 차가 급히 들어와 멈춰 섰는데, 박 형사가 운전하는 동재를 나무랐다.

"막내야… 신호 무시하고 바로 따라 붙으라니까."

"죄송합니다."

박 형사는 혀를 차면서 차에서 내렸다. 하지만 주변을 두리번거려 보아도 김진규의 모습은 보이지 않았다. 박 형사는 짜증을 내면서 중얼거렸다.

"아, 이 똘아이 새끼 어디로 간 거야…"

박 형사는 계속해서 김진규를 찾고 있었는데, 갑자기 휴대 전화를 꺼냈다. 벨소리가 들렸기 때문이었다.

"예, 오 형사님…"

"어 박 형사, 그놈 지금 어디 있냐?"

오 형사는 수사본부에서 연신 고개를 주억거리면서 박 형사와 통화를 했다.

"어… 어… 아, 이런 짜식들… 뭐한 거야! 빨리 찾아봐 인마!"

오 형사는 휴대전화를 막고 최 반장에게 이야기했다.

"올림픽 공원으로 들어갔다는데요, 잠깐 놓친 모양입니다."

최 반장은 올림픽 공원이라는 말에 화들짝 놀랐다. 올림 픽 공원이라면 서장이 간 장소 아닌가. 서장이 간 장소에 김진규가 갔다? 그렇다면 어떤 일이 일어날 것이라는 건 불을 보듯 훤한 일이었다. 최 반장은 전력으로 달려 나가면서 소리 쳤다.

"찾아! 찾아서 잡으라 그래!"

오 형사는 의아하게 생각했지만, 일단 최 반장의 말대로 지시했다. 최 반장이 헛소리를 할 사람은 아니었기 때문이 었다.

"박 형사! 일단 그놈 찾아서 다시 잡아!"

그렇게 이야기하면서 오 형사는 있는 힘을 다해 달려 나가는 최 반장의 뒷모습을 보았다. 오 형사는 도대체 무슨 일이기에 저렇게 화급하게 행동하는 것인지 궁금했다. 하지만 아무리 생각해도 짐작조차 가지 않았다. 오 형사는 책상 위에 있는 김진규의 자료와 최 반장을 번갈아 보면서 고개를 갸웃거렸다.

같은 시각, 박 형사는 인상을 잔뜩 찌푸린 채 동재에게 투덜거렸다.

"야, 그놈 다시 잡으란다. 아우… 그럴 거면 풀어주질 말든가. 똥개 훈련 시키는 것도 아니고."

박 형사는 동재에게 물었다.

"이쪽으로 들어온 거 확실하지?"

"예, 확실합니다."

박 형사는 고개를 끄덕이더니 손으로 방향을 가리키면서 이야기했다.

"일단 찾자. 막내 너는 이쪽 주차장부터 훑어봐. 난 저쪽으로 가볼게. 차 번호 기억하지? 발견하면 바로 무전 때려."

"예!"

무전기를 나눠 든 박 형사와 동재는 흩어져서 진규를 찾기

236

시작했다. 그리고 둘이 올림픽 공원에서 진규를 찾는 사이 최 반장은 자동차를 타고 올림픽 공원으로 향하고 있었다.

　최 반장은 마음을 졸이면서 서장에게 전화했다. 액정에 표시된 서장이라는 글자. 하지만 무심한 통화 연결음만 울리고 서장은 전화를 받지 않았다. 지금은 고객과 통화를 할 수 없다는 여자의 목소리.

　최 반장은 다시 전화를 걸었다. 하지만 서장은 역시 받지 않았다. 아마도 전화기를 가지고 있지 않은 모양이었다.

　"받아요. 쫌. 받으라고!"

　최 반장은 액셀을 거세게 밟으면서 소리쳤다.

　최 반장이 애타게 찾고 있는 서장은 올림픽 공원 행사장에서 사람들과 이야기를 하고 있었다. 행사가 진행 중인 건물 앞으로 사람들이 우르르 몰려나왔는데, 서장은 그 사이에 섞여서 대화하면서 걸어 나왔다.

　자신의 자동차에 두고 온 휴대전화가 요란하게 울리고 있다는 사실을 모른 채 서장은 사람들과 악수하고 인사를 나누느라 정신이 없었다. 그리고 그런 서장을 멀리서 김진규가 바라보고 있었다.

　김진규는 벤치에 앉아서 서장을 바라보다가 전화를 걸었

다. 최 반장에게 건 전화였는데, 운전 중이던 최 반장은 재빨리 전화를 받았다.

"반장님, 접니다. 김진규."

최 반장의 표정이 확 바뀌었다. 얼굴에 나타나는 다급한 기색.

"시간이 다 돼 가는데… 결정은 하셨나요?"

"그만하자… 김진규…"

최 반장은 간절함을 담아서 이야기했지만, 김진규는 아랑곳하지 않으며 계속 이야기했다.

"어떻게 하실지 결정하셨냐고 물었습니다만…"

최 반장은 감정이 울컥 터졌다.

"그만해 제발…!"

하지만 진규는 무표정한 얼굴로 이야기했다. 그는 서장을 계속해서 바라보고 있었는데, 서장은 인사를 마치고 사람들에게 손을 흔들고 있었다.

"쯧쯧… 그러실 줄 알았어요. 반장님이 못하시겠다면, 어쩔 수 없죠. 뭐. 내가 하는 수밖에…"

진규는 전화를 끊었는데, 서장은 사람들과 헤어지고 혼자 걸어가고 있었다. 그리고 그가 향하는 주차장에는 진규의 차를 찾고 있는 동재와 진규의 행방을 찾고 있는 박 형사가 있었다.

　서장이 주차장으로 향하는 것을 본 진규는 벤치에서 일어나 서서히 움직이기 시작했다. 그리고 서장을 따라 주차장 방향으로 따라 걸었다.

　잠시 후, 차 앞에 김진규가 멈추어섰다. 그리고 주차장 입구와 시계를 번갈아 보았다. 김진규는 이제 화려한 불꽃놀이를 할 시간이 되었다는 걸 확인하고는 의미심장한 미소를 지었다.

　같은 시각, 최 반장의 차는 주차장 입구에 급히 들어와서는 거칠게 정차했다. 김진규는 그럴 줄 알았다는 듯 멀리서 그 모습을 보면서 희미하게 웃었다. 그리고 최 반장에게 전화를 걸었다.

　최 반장은 황급하게 차에서 내리는데 갑자기 휴대전화가 울렸다. 조금 전 통화를 했던 전화번호. 김진규의 전화다. 최 반장은 재빨리 전화를 받았다.

　"딱 맞춰서 오셨네요?"

　최 반장은 놀라서 두리번거린다. 자신이 도착했다는 걸 알고 있다는 건 김진규도 이 근처에 있다는 거였으니까. 하지만 어두운 밤이라 어디에 누가 있는지 확인할 수는 없었다.

　"아니요, 그쪽 말고 반대편이요."

최 반장은 김진규가 이야기 한 방향으로 황급히 고개를
돌렸다.

"…그렇죠. 서장님 보이시죠?"

최 반장은 고개를 쭉 빼고 두리번거리며 눈을 굴려댔다.
이곳저곳을 빠르게 스쳐가는 시선 끝에 서장의 모습이 보
였다. 그리고 다시 그 너머로 서장을 바라보는 김진규가 보
였다.

김진규는 최 반장을 보았다가 다시 고개를 돌려 걸어가
고 있는 서장의 모습을 보았다. 그리고 전화기에 대고 이야
기했다.

"내가 얼마 전에 서장님 차에다 뭘 하나 달아 놨는데, 영
화에서 보는 것처럼 스펙터클하게 되려나 모르겠네요?"

김진규의 말에 소스라치게 놀란 최 반장은 서장을 향해
소리쳤다.

"서장님! 안 돼요!"

하지만 앞으로 벌어질 끔찍한 일을 상상하지도 못한 채 서
장은 무슨 좋은 일이라도 있는지 손가락 끝에 차 키를 걸고
는 빙빙 돌려대며, 콧노래까지 부르고 있었다. 고래고래 소리
를 지르며 손짓까지 했지만 역시나 최 반장의 필사적인 절규

는 서장에게 닿지 않았다.

운전석의 손잡이를 잡아가는 서장의 모습이 마치 망가진 테이프로 재생한 영상처럼 느리게 흘러갔다. 서서히 손잡이에 다가가는 서장의 손이 지독스럽게 느릿느릿했다. 하지만 그 이상으로 느린 것은 자신의 발걸음과 소리였다. 그리고 마침내 서장의 손이 손잡이를 잡아 당겼다.

느리게 흘러가는 시간 속에서 삑 하는 소리를 듣고는 고개를 갸웃거리는 서장의 모습이 보였다. 그런 그의 눈에 차량의 하부에 붙어있던 무언가가 빨갛게 점등되는 모습이 들어왔다.

쾅!

귓구멍을 찢어버릴 듯 파고드는 폭음과 새빨간 화염을 날름거리며 벌떡 몸을 일으키는 화마, 느리게만 흘러가던 시간이 다시 원래의 속도를 찾았다.

한참이나 떨어진 곳까지 느껴지는 열기를 느끼지 못한 것인지, 최 반장은 달려가던 자세 그대로 바닥에 주저앉고 말았다. 서장과 서장이 그토록 애지중지하던 차량을 집어삼킨 화마가 그의 얼굴을 핥을 듯이 빨간 빛을 토해냈지만, 그는 텅 빈 눈동자로 불길 너머를 바라보고 있었다.

찰라의 순간을 두고 막지 못한 서장의 죽음에 그는 완전히 넋이 나가버렸다. 도저히 받아들이고 싶지 않은 악몽과도 같은 현실 속에서 서장의 죽음을 확인해볼 엄두도 내지 못한 최 반장은 이따금씩 억눌린 신음성을 내뱉었을 뿐이었다.

어지간한 폭발이었다면 달려가서 확인했을 것이다. 혹시라도 숨이 붙어 있을 수도 있을 테니까. 하지만 지금 폭발은 그런 생각조차 날려버릴 정도로 엄청났다. 최 반장은 그저 망연자실한 얼굴로 그 자리에 주저앉는 것밖에는 할 수 있는 일이 없었다.

주차장 구석에서 그 모습을 보던 진규는 천천히 걸어서 자신의 차에 올라탔다. 그리고 최 반장에게 전화를 걸었다.

최 반장은 멍하니 정신이 나간 표정으로 앉아 있다가 벨소리를 듣고는 전화기를 들었다. 전화를 건 사람은 바로 김진규.

"이제… 반장님만 남았네요…"

최 반장은 여전히 넋이 나간 표정이었다. 멍하니 초점 없는 눈동자로 허공을 바라보고 있었다.

"궁금하지 않으세요? 진작에 죽었어야 할 반장님을 왜 여기까지 끌고 왔는지 말이에요."

그 소리를 듣자 최 반장의 눈빛이 다시 살아났다.

"반장님이 해주셔야 할 제일 중요한 일이 하나 남았거든요. 우리 아버지 사건… 그 사건의 진범을 꼭 좀 잡아 주셔야겠어요."

점점 숨을 거칠게 쉬던 최 반장은 이를 악물었다. 그리고 거의 신음을 흘리듯 중얼거렸다. 아주 처절하고 비통한 표정으로.

"그래… 김진규… 죽자… 나하고 같이 죽자…"

최 반장이 그렇게 통화를 하고 있는데, 조금 떨어진 곳에서 동재와 박 형사가 놀란 채 무슨 일이냐며 이야기를 나누고 있었다.

"야, 이게 뭔 일이냐? 차 폭발한 거 아니냐?"

"그런 거 같습니다…"

동재는 인근 주차장 곳곳을 뒤지며 진규 차를 찾다가 이곳으로 달려 온 거였다. 바로 옆 주차장에서 폭발과 함께 솟구치는 화염을 보고 놀란 채. 그리고 인근에 있던 박 형사도 놀라서 달려오다가 동재와 만난 것이고.

박 형사와 동재는 폭발 현장 쪽으로 달려가는데, 저쪽 멀리에 진규 차가 미끄러지듯 지나가는 게 보였다. 그 모습을 발견한 동재가 진규 차를 가리키며 박 형사에게 말했다.

"박 형사님! 그놈입니다!"

박 형사는 놀라서 허둥지둥하며 폭발 현장과 진규 차를 번갈아 바라보았다. 어떤 쪽에 신경을 써야 할지 판단이 서질 않아서였다. 그러자 동재가 재빠르게 말했다.

"저놈은 제가 따라가겠습니다!"

"어, 그래라. 나는 저쪽으로 가볼게!"

동재는 그렇게 말하고는 자기 차를 향해서 전력을 달렸다. 그리고 박 형사는 폭발 현장으로 향했고. 폭발 현장에는 이미 사람들이 모여 있었는데, 어찌 된 일이냐고 말하면서 웅성거리고 있었다.

박 형사가 도착했을 때, 사람들 사이를 헤치고 최 반장이 뚜벅뚜벅 걸어 나왔다. 무표정한 얼굴이었는데, 평소와는 달리 눈빛이 섬뜩하다고 할 정도로 살벌했다. 박 형사가 놀라서 멈칫거릴 정도였다. 박 형사는 그런 최 반장을 보다가 조심스럽게 다가와서 질문을 했다.

"대장님! 근데 무슨 일입니까 이게?"

최 반장은 질문에 대답하지 않았다. 지금 그의 머릿속에 있는 건 단 한 가지였다. 바로 김진규. 모든 것을 망치고 자신을 비롯한 사람들을 나락으로 떨어뜨린 놈. 바로 그 김진규에 대한 생각만이 머리에 꽉 차 있었다.

"김,진,규… 그 새끼 지금 어딨어?"

최 반장은 이를 갈면서 섬뜩하게 물었다. 박 형사는 자신도 모르게 한 발 뒤로 물러서면서 대답했다.

"저기… 동재가 따라가고 있습니다."

서슬 퍼런 모습에 박 형사는 얼떨결에 대답했다. 최 반장은 아무런 대답도 하지 않고 그저 앞으로 걸어갔다. 자신의 차가 있는 방향으로. 그런 최 반장의 뒷모습을 멍한 표정의 박형사가 보고 있었다. 최 반장은 이를 갈고 얼굴이 흉측하게 일그러진 채 걸어갔다.

. . .

수사본부는 예전보다 대폭 증원되어서 사람들로 북적였다. 회의실에서는 강 차장과 몇몇 간부들이 수사방향을 논의 중이었고, 수사본부 한쪽 구석에서는 오 형사가 수사에는 관심 없이 컴퓨터로 뭔가를 열심히 찾는 중이었다.

"어디 보자."

안양, 진천, 광명의 희생자 이름과 김진규 자료를 펼쳐 놓고, 어색한 손놀림으로 토닥토닥 키보드를 쳤다. 일명 독수리 타법. 커다란 덩치로 컴퓨터 앞에 앉아서 손가락으로 키보드를 꾹꾹 누르는 모습은 보기만 해도 웃음이 나오는 그런 모습이었다.

하지만 오 형사는 무척 진지한 모습으로 일에 집중하고 있었다. 그가 보는 컴퓨터 화면에는 최 반장이 보던 것과 같은 사건 파일, 예전 김봉수가 열두 명을 청산가리로 살해한 바로 그 사건의 파일이었다.

심각한 표정을 사건 파일을 보던 오 형사는 인상까지 찡그리면서 한숨을 내쉬었다. 그리고 책상 위의 김진규 신상정보 자료와 사건 파일 속 내용을 비교하기 시작했다. 손가락으로 하나하나 짚어가면서 비교를 하던 중, 갑자기 오 형사의 안색이 변하고 눈동자가 확 커졌다.

"어?"

오 형사는 믿기지 않는다는 듯 다시 양쪽 내용을 손가락으로 짚어가며 확인했다. 그리고 한동안 화면에서 눈을 떼지 못했다. 한참을 그렇게 멍하니 화면을 보고 있던 오 형사는 혼잣말로 중얼거렸다.

"이게 무슨 일이냐 대체…"

그때 갑자기 수사본부 안이 시끄러워졌다. 형사 한 명이 동영상을 보다가 놀라서 소리를 질렀기 때문이었는데, 그 소리에 사람들이 그 형사의 자리로 모여들었다. 그리고 그 자리로 간 사람들은 어김없이 그 자리에 얼어붙은 것 같이 멈추어 서서는 믿을 수 없다는 표정을 하고 있었다.

"뭔데?"

한 형사가 사람들의 이상한 반응에 놀라 다가왔다. 경찰 공동망으로 동영상메일 하나가 들어와서 그 자리에 있던 형사가 열어 본 거였는데, 화면에는 야산에서 두 남자가 싸우는 모습이 찍혀 있었다. 놀란 표정으로 보고 있는 형사에게 옆의 다른 형사가 물었다.

"왜 그래?"

화면에는 한 남자가 택시기사와 싸우다가 죽이고 허둥지둥 흔적을 지우는 모습이 나오고 있었다. 그 영상을 수사본부에 있는 거의 모든 사람이 보고 있었다. 구석 자리에서 있던 오 형사도 뒤늦게 분위기를 보고 다가왔는데, 눈을 껌뻑이며 믿을 수 없다는 표정이 되었다.

어떻게 믿을 수가 있겠는가. 강력반 반장인 최창식이 사람을 죽이고 은폐하는 동영상인데 말이다. 하지만 너무나도 명확했다. 누가 봐도 최 반장의 얼굴이었고, 수사본부에 있는 사람들은 모두가 택시기사가 누구인지 알고 있었다.

그 사람의 사진을 수도 없이 보았기 때문이었다. 타워크레인에 매달려 있던 시체. 바로 그 시체가 최 반장과 싸우는 사람이었다. 전혀 예상치도 못했던 상황에 놀라 수사본부 안은 정적에 휩싸였다.

그리고 갑자기 수사본부 안으로 달려들어 온 사람이 그 정적을 깼는데, 그가 전한 이야기는 동영상의 충격과 맞먹는 데미지를 사람들에게 주었다. 그는 아주 다급하게 소리쳤다.

"서장님이 돌아가셨대요, 차가 폭발해서!"

상상도 하지 못했던 끔찍한 광경을 담고 있는 영상을 확인하고는 충격에 빠져 침묵이 감돌던 수사본부가 순식간에 소란스러워졌다. 찢어지는 전화벨 소리가 이곳저곳에서 울리기 시작하고 형사들이 제 자리를 찾아 부산을 떨기 시작했다.

그 와중에서도 오 형사는 충격을 받은 얼굴로 몇 번이나 컴퓨터 화면의 내용을 확인해보았다. 무엇을 본 것인지 핏기 하나 없이 창백하게 질린 얼굴을 한 그가 뒤늦게라도 정신을 차린 것은 흥분해서 고래고래 소리를 질러대는 강 차장의 히스테릭한 지시 탓이었다.

"최창식이 휴대전화 위치 추적하고, 빨리, 최대한 빨리! 위치 파악되는 대로 병력 무장시켜서 곧바로 쫓아!"

"네!"

갑작스러운 서장의 죽음과 최 반장의 일로 정신이 쏙 빠진

사람들 사이에서 오 형사는 뒤늦게 정신을 차리고는 어디론
가 전화를 걸었다.

"예. 자세한 자료는 팩스로 좀 넣어 주시고요, 일단 그 친
구 이름하고 주민번호만 먼저 좀 확인할 수 있겠습니까?"

오 형사는 황급하게 펜과 메모지를 찾았고, 근처에 있는
펜을 집어서 앞에 있는 이면지에 받아 적기 시작했다.

"예, 팔팔공… 예, 예, 이름이…?"

전화 속의 무슨 말을 듣는 오 형사의 표정이 흙빛으로 변
했다. 메모한 내용과 책상 위 서류의 어떤 내용을 다시 확인
하고는 잔뜩 긴장한 표정으로 다시 물었다.

"이름하고 주민번호가 그게 틀림없습니까? 예, 알겠습니
다…"

전화를 끊는 오 형사는 멍한 표정으로 혼자 중얼거렸다.

"이건 아니야. 이건 이러면 안 되는 거야…"

오 형사는 입술을 꽉 깨물다가 무언가 결심한 듯 황급히
수사본부를 나갔다.

"반장님. 반장님을 찾아야…"

오 형사는 그렇게 중얼거렸는데, 그가 찾고 있는 최 반장
은 차를 몰고 이동 중이었다. 주차장에서 빠져나가는 진규의
차를 발견한 동재. 그 동재가 진규의 차를 추적하고 있었는
데, 최 반장은 동재와 통화를 하고 있었다.

"…동재야…"

"예… 대장님."

최 반장은 조금은 힘이 없는 목소리로 이야기했다.

"그놈 지금 어디 있니?"

"지금, 상암동 쪽으로 이동 중입니다."

상암동, 그 말을 듣자마자 최 반장은 진규의 행선지가 어디인지 감을 잡았다. 최 반장은 감정을 꾹 억누르면서 이야기했다.

"동재야, 그래… 네가 알고 있는 대로, 내가 어쩌다가 사람을 죽였다…!"

휴대전화 너머에서는 아무런 소리도 들리지 않았다.

"설명하자면 길어… 하지만 네 말대로 현명한 해법을 찾을 거다."

최 반장은 숨을 고르고 다시 말을 이었다.

"그 전에, 내가 그놈을 꼭 좀 만나야 해! 위험한 놈이니까 조심하고, 내가 갈 때까지 지켜보고 있어라! 알았지?"

"네, 알겠습니다…"

전화를 끊는 최 반장의 두 눈에는 살기가 흘렀다. 그리고 액셀을 아주 강하게 밟았다.

얼마 후, 진규가 차에서 내려 건물 지하로 들어갔는데, 동재가 건물 옆에 숨어서 진규를 보고 있었다. 동재는 진규가 내려가는 걸 보면서 손으로 휴대전화를 가리고 조용히 통화 중이었다.

"예, 지금 그 건물 지하로 내려가고 있습니다. 예, 알겠습니다. 대장님, 빨리 오십시오."

진규의 가게 안은 여전히 엉망이었다. 나뒹굴고 있는 집기들, 오랫동안 청소를 하지 않아서 쌓여있는 먼지, 그리고 텅 빈 공간에 끈적끈적하고 몽환적인 음악이 흘렀다. 진규는 소파에 지친 얼굴로 털썩 주저앉았는데, 그 옆 테이블에 선물처럼 포장된 작은 박스가 놓여 있었다.

진규는 그 박스를 물끄러미 보다가 천천히 열었다. 그 안에는 주사기 두 개가 가지런히 들어 있었다. 조금은 처량한 표정으로 두 개의 주사기를 바라보던 진규는 헛웃음을 웃었다. 그리고 그 웃음은 처연하게 보이기도 했고, 어딘가 쓸쓸하고 슬프게 보이기도 했다.

진규는 숨을 훅 하고 내쉬더니 웃으면서 주사기를 집어 들었다. 그리고 주사 바늘을 자신의 팔에 꽂았다. 서서히 주사기를 누르자 진규의 몸속으로 들어가는 흰 액체. 진규는 액체가 안으로 들어오자 몸을 부들부들 떨면서 희열을 느꼈다.

같은 시각, 심각한 표정으로 차에 오른 오 형사는 최 반장에게 전화를 걸었다. 하지만 신호는 울렸지만, 받지 않았다.

"이러면 곤란한데…"

잠시 고민하던 오 형사는 동재에게 전화를 걸었다.

진규의 가게 앞에 있던 동재는 계속해서 가게를 살피고 있었는데, 갑자기 불이 켜졌던 가게 간판과 입구 전등이 툭 하고 꺼졌다. 이상하게 생각한 동재는 조심스럽게 건물 안으로 움직이기 시작했다.

이리저리 살피면서 내려가던 동재는 갑자기 징~ 하는 진동을 느끼고는 전화를 받았다. 손으로 가리고 소리를 죽여서.

"네, 오 형사님."

오 형사는 경찰서 주차장으로 걸어가면서 전화를 하고 있었다.

"동재야, 너 지금 어디냐? 어, 어…"

오 형사는 경찰차 문을 열면서 이야기했다.

"급한 일이 생겼는데 동재 네가 나 좀 도와줘야겠다. 어디? 음… 그래, 그럼 내가 그리로 갈게."

오 형사는 전화를 끊고 급히 출발했다.

그리고 전화를 끊은 동재는 다소 난감한 표정으로 진규 가게와 전화기를 번갈아 보았다. 어떻게 해야 할지 결정하기 어렵다는 표정으로. 동재는 심각한 표정으로 중얼거렸다.

"오 형사님… 김진규…"

동재는 다시 한 번 전화기를 쳐다보았다.

"오 형사님…"

그리고 진규의 가게를 바라보았다. 간판불도 꺼진 음침하고 스산한 분위기의 가게를.

"김진규…"

동재는 두 사람의 이름을 작은 소리로 중얼거렸다.

그 시각, 동재가 말한 김진규는 약에 취한 채 자신의 가게 안 소파에 널브러져 있었다. 허무해 보이는 얼굴, 초점 풀린 눈동자, 그의 시선은 점점 희미해지면서 천천히 바닥으로 떨어졌다. 그런데 갑자기 인기척이 느껴졌다.

발소리 같은 걸 느낀 진규는 고개를 들었다. 그의 눈에는 어린아이가 하나 서 있었다. 최 반장의 기억에서도 보았던 소년. 빗속에서 서 있던, 끌려가는 아버지를 바라보던 바로 그 소년이었다. 소년을 본 진규 얼굴에 소리 없는 미소가 번졌다.

"진규… 왔네…"

그는 약 기운을 음미하듯 주사기 박스를 보았다. 박스에는 텅 빈 주사기 두 개가 나뒹굴고 있었다.

"고마워… 늘…"

소년은 김진규 앞으로 천천히 다가왔다. 진규는 소년을 애달프고 구슬픈 표정으로 바라보았다. 그러다가 씁쓸한 미소를 지으면서 물었다.

"이제, 끝인 거지?"

소년이 대답 대신 희미하게 웃으며 진규를 포옹하고 다독였다. 소년에게 기대면서 살며시 포옹하는 진규의 눈에는 눈물이 방울져서 흐르고 있었다.

파국

최 반장의 차가 급히 달려와 멈춰 섰고, 최 반장은 차에서 내려 건물 지하로 달려 들어갔다. 계단을 내려와 쾅 문을 열고 들어온 최 반장. 어두운 가게 안에 음악 소리만 조용하게 울리는 가운데, 덩그러니 놓인 소파에 진규는 혼자서 편안한 자세로 앉아 있었다.

진규를 발견한 최 반장이 총을 빼 들고 가까이 다가갔는데, 김진규는 무방비상태로 눈이 풀린 채 희미하게 웃고 있었다. 뜻밖의 상황에 놀란 최 반장이 얼빠진 얼굴을 하자, 그런 모습을 본 김진규가 키득거렸다.

"크크, 이제야 오셨네……어땠어요, 내 연기가? 괜찮았습니까?"

최 반장은 권총을 들이대며 소리쳤다.

"뭐야, 이 미친 새끼야!"

진규는 흐리멍덩한 눈으로 최 반장을 보면서 이야기했다. 그런데 김진규는 무척 숨을 헐떡이고 있었다.

"나는 그냥 배웠어요. 친구가 시키는 대로 하는…. 그 친구는, 내가 세상에서 제일 사랑하는 사람이거든요…"

최 반장은 그 말에 놀라서 처절하게 소리쳤다.

"그놈이 대체 누구야?"

"흐흐흐… 반장님이 가르쳐주셨다면서요…우발적 본능이라는 말…"

최 반장은 소스라치게 놀랐다. 하지만 김진규는 이미 약에 취해서 그런 건 보이지도 않는 듯 자기 할 말만 했다. 가끔씩 숨을 가쁘게 몰아쉬면서.

"그 친구가 그러더라고요. 반장님이나 자기나… 이 모든 비극의 시작은 아마 그거 때문이었을지도 모른다고요."

최 반장은 넋이 나간 표정으로 중얼거렸다.

"동…재…?"

"그래요. 동…재…. 원래는… 그놈 이름도 진규였는데….

우리는 아직도 서로를 진규라고 부르는데…"

엄청난 충격을 받은 최 반장. 총을 쥔 손이 아래로 떨어졌다. 그리고 중얼거렸다.

"동재…"

어느 공원, 공원 가로등 아래 동재가 서 있는 모습이 보였다. 오 형사는 어둠 속에서 그 모습을 조용히 지켜보고 있었는데, 그는 잠시 후에 결심한 듯 다가서면서 동재를 불렀다.

"동재야."

동재는 평소처럼 반가운 표정으로 이야기했다.

"왜 이렇게 늦으셨어요?"

동재는 늘 그렇듯 오 형사를 보면서 환하게 웃었는데, 갑자기 그 웃음이 천천히 걷히기 시작했다. 오 형사가 동재를 향해 권총을 겨누고 있었기 때문이었다. 동재는 어색한 표정으로 오 형사를 보았다.

"동재야, 그만해 이제!"

동재는 발걸음을 멈추었는데, 오 형사는 동재를 향해서 단호하게 말했다.

"금방 다 확인하고 왔어. 네가 김봉수 아들 김진규 맞지? 아버지 잡혀가고 입양되면서 차동재로 바뀐 거지, 그렇지?"

그 이야기를 들은 동재의 표정이 서서히 변하기 시작했다. 착하고 선해 보이던 평소 모습은 사라지고 눈빛이 차갑게 변했다. 섬뜩할 정도로 차갑게.

"안타깝네요. 끝까지 아무도 몰랐으면 했는데…"

"이건 아니다… 그만해라 동재야…"

동재는 조용히 오 형사를 보다가 입을 들썩였다. 조금은 냉소적인 투로.

"오 형사님이 절 잡을 수 있으시겠어요?"

동재가 조금 다가오자 오 형사는 총을 다시 말아 쥐었다. 하지만 동재를 정말로 쏠 수 있다고는 생각하지 않았다. 아끼는 동료이자 동생 아닌가.

"움직이지 마!"

제발 움직이지 말기를 바라면서 오 형사는 외쳤다. 하지만 동재는 그런 기대감 같은 건 안중에도 없는 듯했다. 동재는 천천히 움직이면서 읊조리듯 말했다.

"저한테 정말로 잘해주셨는데…"

말이 채 끝나기도 전에 동재의 몸은 움직이고 있었다. 그 갑작스러운 행동에 깜짝 놀란 오 형사가 대응하려고 했는데, 손끝을 차올리는 발길질에 그만 총을 놓쳐버렸다. 무기를 잃은 오 형사가 신음인지 고함인지 모를 소리를 내지르며 반격했다.

유약하게 보이는 동재였지만, 싸움은 일방적이지 않았다. 누가 이길지 모르는 그런 공방이 이어졌는데, 그래도 덩치로 보나 경험으로 보나 오 형사가 유리해 보였다. 하지만 독하게 손을 쓰지 못해서 그런 것이었을까? 오 형사가 오히려 팔이 꺾이며 동재에게 도리어 제압을 당하고 말았다.

하지만 오 형사도 그대로 당하고만 있지는 않았다. 버럭 소리를 지르다 재빠르게 발을 걸어 넘어트린 오 형사는 강하게 동재를 몰아붙였다. 한번 승기를 잡은 오 형사는 동재를 거세게 밀어붙였다.

결국, 동재를 완전히 제압하고 손만 뻗으면 끝나는 상황. 하지만 오 형사는 차마 동재에게 마지막 일격을 가하지 못했다. 동재는 식구였으니까!

"그만하자, 이제. 다 끝났어…"

오 형사는 그렇게 말하고 동재를 놔주었다. 하지만 동재는 그렇게 끝낼 생각이 없었다.

"아니요. 제가 아직 할 일이 하나 남았거든요."

아주 짧은 순간이었다. 하지만 동재가 총을 집어 들기에는 충분한 시간이었다. 동재는 오 형사를 밀치고 총을 집어 들었다. 그리고 오 형사를 향해 겨누었다.

"동재야, 이러지 마라…"

오 형사는 슬픈 눈을 하고 동재를 쳐다보았다. 그런 오 형
사를 동재는 안타깝게 바라보았다.

"죄송해요, 오 형사님…"

동재가 방아쇠를 당겼다.

탕!

엄청난 소리가 들리고 오 형사가 그 자리에 풀썩 쓰러졌다.

• • •

"나는 남자를 좋아해서 왕따, 그놈은 아빠가 병신이라서
왕따…. 우리는 어린 시절부터 단짝이었어요."

진규는 실성한 듯 최 반장에게 말을 이어갔다. 김진규의
머릿속에는 아주 어렸을 때의 기억이 떠올랐다. 형사들이 동
재 아버지를 다그치며 끌고 나갔고, 어린 동재는 그 모습을
망연히 보면서 서 있었다.

얼마 후, 구경꾼들 속에 섞여 있던 어린 진규가 다가와 어
린 동재에게 우산을 씌워 주었다. 그리고 어린 동재를 위로
하듯 다독였다.

"그때부터 십오 년… 결국은 여기까지 왔네요."

최 반장은 여전한 충격에 어쩔 줄을 몰라 했다. 왜 그렇지 않겠는가. 모든 것이 동재가 꾸민 일이라는 게 아직도 믿어지지 않는 최 반장이었다. 하지만 이제는 믿지 않을 수도 없었다.

"부탁 하나 해도 될까요?"

진규는 최 반장을 보면서 이야기했다. 김진규는 숨을 꺽꺽대면서 말했다. 주사기 두 대. 그건 동재의 마지막 선물이었다. 극한의 쾌락을 맛보겠지만, 모든 것을 끝낼 수 있을 만한 양이었다.

"그 친구를 만나면… 제발, 죽이지는 말아주세요. 그놈 참 불쌍한 놈이거든요. 그리고 나한테는… 목숨보다 소중한 놈이거든요…"

최 반장은 아무런 말도 하지 못했다. 아무런 생각도 할 수 없었다. 머릿속이 헝클어져서 뭐가 뭔지도 알 수 없었다.

"명색이 배운데… 그런 친구한테 내가 해 줄 수 있는 게 연기 밖에 더 있겠어요? 크크크크… 그래도 내 연기 괜찮지 않았나요? 이래 뵈도… 연기파 배우라구요 나는… 크크크크…"

실성한 듯 웃음을 그치지 않던 진규가 스르르 눈을 감으며 고개를 떨구었다.

그때, 최 반장의 전화가 울렸는데, 전화기에서는 아들인 명호의 목소리가 들렸다.

"아빠!"

"…어, 명호야…"

최 반장은 몹시 불안해하는 표정으로 전화를 받았다. 그리고 그 불안은 곧바로 현실이 되었다.

"아빠, 언제와? 동재 삼촌 왔는데, 아빠도 금방 올 거라던데?"

최 반장 놀라서 소리쳤다.

"동재 삼촌 바꿔! 빨리…!"

잠시 후, 전화기 속으로 동재 목소리가 들려왔다.

"예, 대장님…"

정신이 나간 최 반장이 애원과 협박을 번갈아 하며 소리쳤다.

"동재야! 가족들은 그냥 둬, 제발……"

최 반장은 크게 소리쳤다.

"내가, 억울한 네 아버지 누명은 꼭 풀어 줄게! 무슨 일이 있어도 진범을 잡아서 네가 보는 앞에서 죽여줄게! 반드시 약속할게! 제발… 식구들은 건드리지 마라, 제발……"

동재는 아무렇지도 않은 목소리로 대답했다.

"걱정하지 마세요. 지금 명호랑 자전거 타러 갈 건데, 대장님도 빨리 오세요. 늘 가던 고수부지 아시죠?"

최 반장은 그 이야기를 듣자마자 곧바로 달려 나갔다. 거기가 어디인지는 잘 알고 있었다.

. . .

최 반장은 넋이 나간 표정으로 운전을 하고 있었다. 그의 머릿속에는 수많은 생각들이 스쳐 지나갔다.

늘 환하게 웃으며 씩씩하게 일하던 동재 모습. 대장님을 존경한다고 쑥스럽게 말하던 모습. 얼마 전 자신을 찾아와 어렵게 돌려서 자수를 권하던 모습. 그 모습을 떠올리는 최 반장은 넋이 나간 모습으로 신음을 흘렸다.

동재는 지금까지 자신을 지켜보고 있었던 것이다. 최 반장은 더욱 속도를 냈다. 엄청나게 쏟아지는 빗속을 뚫으면서 최 반장은 차를 몰았다.

한산한 고수부지. 비가 퍼부어서 그런지 고수부지에는 사람이라고는 찾아볼 수가 없었다. 최 반장은 계속 두리번거리면서 동재와 아들을 찾았는데, 둘의 모습은 보이지 않았다. 초조한 최 반장은 인근을 더 찾아 헤맸다.

그러던 어느 순간, 뒤에서 조용히 최 반장을 부르는 목소리가 들렸다.

"대장님…"

최 반장이 놀라서 돌아보았는데, 아들인 명호는 보이지 않고 동재만 서 있었다. 긴장한 최 반장이 동재에게 총을 겨누며 소리쳤다.

"명호 어딨어?"

동재는 대답 대신 저만치 떨어진 곳을 바라보았다. 최 반장도 고개를 돌렸는데, 거기 보니 자동차가 한 대 서 있었고, 명호가 차 안에 있었다. 비가 억수같이 내리는 가운데도 휴대전화를 가지고 게임을 하는지 푹 빠져 있는 명호의 모습이 보였다.

최 반장은 아들 모습을 확인하자 몸에 힘이 쭉 빠지는 것을 느꼈다. 그러다 이내 다시 동재에게 총을 들이대고 죽일 듯이 노려보았다.

동재는 평소처럼 순진한 표정으로 최 반장을 마주 보았다. 그러다가 자동차 안에 있는 명호를 보면서 아련하게 말했다.

"저도, 딱 저 나이 때였나 봐요… 우리 아버지는 멋진 경찰도, 부자도 아니었지만 그래도 나는… 우리 아버지가 세상에서 제일 좋았는데…"

최 반장은 동재가 하는 이야기를 듣고만 있었다.

"세상에는 아버지와 나, 단 둘 뿐이었어요. 아버지는, 어떻게든 나를 먹여 키우려고 그 멸시를 받으면서도 거기서 일을 하신 거였죠."

동재의 뇌리에는 아주 예전 일이 떠오르기 시작했다. 절대로 잊을 수 없었던 과거의 일들이. 거기에는 아버지가 보였다. 주택가에 차려진 도박장에서 바보처럼 웃으면서 음료를 나르는 아버지의 모습이. 재떨이를 비우고, 청소를 하고, 사람들이 바닥으로 던져주는 돈을 주워 챙기는 아버지의 모습이.

늦은 밤, 집 앞에서 기다리던 어린 동재는 멀리서 다리를 절룩이며 걸어오는 아버지를 발견하고 달려갔다. 그리고 아버지를 부축하며 도란도란 이야기를 나누었다.

"그런데 어느 날, 아버지가 오시질 않는 거예요. 그래서 아버지가 일하는 곳으로 가 봤더니… 약에 취한 놈들이 아버지를…"

어떤 남자들의 난폭한 발길질에 아버지가 얼굴에 피를 흘리며 쓰러지는 광경. 그리고 남자들의 발길질이 멈추질 않았는데, 도박장의 사람들은 신경을 쓰지 않거나 구경삼아 웃어넘겼다. 창 너머로 그 모습을 보고 있는 어린 동재의 눈에는 화르르 불이 붙었다.

"그 곳에는… 제대로 된 인간이 하나도 없었어요…"

시시덕거리는 도박장 안의 사람들을 보던 어린 동재는 조용히 창턱 아래로 얼굴을 내리고 사라졌다. 얼마 후, 얼굴이 퉁퉁 부은 아버지가 그래도 웃으면서 쟁반에다 음료수 잔들을 얹어서 들고 날랐다.

음료수를 마신 사람들이 몸부림치며 피를 토하고 쓰러졌다. 아버지가 놀라서 허둥지둥하고 있는데, 주방 안쪽에서 청산가리 병을 들고 서 있는 어린 동재의 모습이 보였다.

일이 이렇게 크게 벌어진 것에 자기도 놀라서 멍한 표정이었다. 화들짝 놀란 아버지가 어린 동재를 안고 정신없이 내달리기 시작했다.

내내 동재를 보고 있던 최 반장은 믿을 수 없다는 듯 더듬더듬 물었다.

"너…였…니?"

"그러게요… 내가 그랬다고… 내가 범인이라고 매달리는

데도… 바보 같은 당신들은 아버지를 영영 데려가 버리더라구요."

동재는 혼잣말을 하듯 중얼거렸다.

"가짜로 증인을 세우고, 가짜로 증거를 만들고, 그렇게 말이죠. 그날… 당신들이 범인만 제대로 잡았어도 이런 일은 없었을 텐데…"

동재는 또다시 기억을 떠올렸다. 기억 속에서 형사들은 동재의 집으로 들이닥쳐 아버지를 끌고 나갔다. 어린 동재는 형사들에게 매달리며 자기가 그랬다고 소리쳤다. 형사들은 귀찮은 듯 어린 동재를 떼어내고 아버지를 끌고 나갔다.

어린 동재는 아버지의 뒤를 따라 밖으로 나갔고, 쏟아지는 비를 고스란히 맞으며 서서 끌려가는 아버지를 보고 있었다.

"그러던 어느 날……아버지가 사형선고를 받았다는 소식을 들었어요.……"

보육원에서 또래 아이들이 마당에서 장난치며 즐겁게 노는데, 동재는 구석에 앉아서 바닥에 낙서만 하고 있었다. 억지로 울음을 참으며 그림을 그렸다.

"···돌덩이처럼 무거운 그림자가 있다면 그런 걸까요······나 때문에 아버지가 죽었다는 생각···"

보육원에는 아이들이 단정하게 옷을 입고 줄지어 서 있었다. 입양할 아이를 찾으러 온 부부가 지나가면서 아이들을 훑어보았는데, 아이들 틈에 어린 동재가 담담한 표정으로 서 있었다. 지나가던 부부가 동재 앞에서 멈춰 섰고, 어린 동재는 그들을 바라보았다.

"그날부터 나는 김진규가 아니라 차동재로 살았어요. 오로지 여기까지 오기 위해서 말이죠···"

동재가 문득 최 반장을 바라보았다.

"혹시··· 기억하시나요?"

최 반장은 무얼 말하는 거냐는 표정이었다. 진규는 흉내를 내듯 다른 목소리로 말했다.

"진규야, 괜찮아. 아버지는 나쁜 사람이 아니야···"

그것도 예전 기억이었다. 아버지를 차에 태웠을 때의 기억. 기억 속에서 아버지를 경찰차에 태운 과거 최 반장은 어린 동재를 돌아봤다. 비를 맞고 서 있는 자신을 안쓰럽게 보다가 달려왔다. 자신 앞에 무릎을 굽히고 앉아서 최 반장은 두 손을 꼭 잡고 말했다.

"진규라고 했지?"

어린 자신은 울먹이며 말했다.

"아저씨, 제가 그랬어요, 저를 잡아가세요."

"진규야, 나는 알아. 너도 아버지도 나쁜 사람이 아니야."

그때 뒤에서 빨리 오라는 선배 형사들 고함소리가 들리자, 최 반장은 어린 동재가 너무 안쓰러운 듯 손을 꼭 잡고 이야기했다.

"아버지는 금방 오실거야. 사내자식이… 힘내서 꿋꿋하게 살아야 해. 알았지?"

그리고는 과거의 최 반장은 서둘러 달려갔고, 동재는 마당에 그대로 서 있었다. 퍼붓는 비를 그대로 맞으며. 그리고 짙은 어둠 속에 묻혀갔다.

"나중에 아버지를 만난 적이 있었어요."

동재는 쓸쓸한 표정으로 아무에게도 하지 않았던 이야기를 털어놓았다.

"아버지는 바보처럼 웃기만 했죠."

동재는 아버지가 마지막으로 한 말이 뭔지 아느냐고 물었다. 총으로 동재를 겨누고 있는 최 반장은 아무런 말도 하지 못했다. 동재는 그럴 줄 알았다는 듯 피식 웃었다. 그리고 막 입을 열려는데 멀리서 경찰차 사이렌 소리가 요란하게 들려오기 시작했다.

"걱정하지 말라는 말이었어요."

동재는 그 말을 하고는 최 반장을 지그시 쳐다보았다.

"그때는 그게 무슨 말인지 몰랐죠. 뭘 걱정하지 말라는 건지. 그러다 나중에 알 수 있었어요. 그게 어떤 의미인지."

동재의 아버지는 동재를 위해서 입을 다문 거였다. 동재 아버지가 자신은 범인이 아니라고 주장했으면 어쩌면 상황이 조금 달라졌을지도 몰랐다. 하지만 동재 아버지는 자신이 범인이라는 걸 쉽게 받아들였다.

살인 사건의 범인이라고 잡아온 사람이 범행을 부인하지 않으니 경찰 입장에서는 얼마나 편한 일인가.

"그래서 걱정하지 말라는 거였어요. 아버지는 끝까지 나를 지켜주려고 했던 거죠."

여전히 동재를 겨누고 있는 최 반장의 총구가 조금씩 떨렸다. 사이렌 소리는 점점 더 가까워졌고, 이내 수많은 경찰차가 몰려와 거리를 두고 최 반장과 동재를 에워쌌다. 이어서 무장 경찰들이 줄줄이 뛰어 내리더니, 일제히 최 반장을 향해 총을 겨누었다.

경찰들이 보면 최 반장이 동재를 위협하고 있는 상황이었다. 멀리서 자동차에서 게임을 하던 명호가 이 광경을 보게 되었다. 놀란 명호는 차 문을 열고 아빠라고 외치며 달리오기 시작했다. 동재는 그 모습을 보면서 말했다.

"대장님이 어떤 선택을 하시던… 옛날에 우리 아버지처럼 아들이 보는 앞에서 살인자라고 잡혀가시게 생겼네요?"

최 반장은 참담한 모습으로 동재와 아들 명호를 번갈아 보았다. 명호는 차에서 나와 최 반장에게 오려고 했는데, 경찰들 사이에 있던 조 형사가 튀어나와 명호를 낚아챘다. 명호는 아빠를 소리쳐 부르며 울었다.

잠시 후, 강 차장이 메가폰을 들고 최 반장에게 경고했다.

"최창식 반장! 지금 즉시 총을 버리고 투항하라!! 다시 경고한다, 지금 당장 총을 버리고 투항하라!"

그 소리를 듣던 동재가 조용히 말했다.

"…이제 끝이네요… 어차피 이게 내 계획의 끝인데… 대장님이 또 약속을 안 지키시면… 이제부터 나는 뭘 하고 살죠? 나 같은 놈이… 더 살아도 되는 걸까요?"

동재는 정말로 자기를 죽여주기를 원하는 듯 최 반장을 바라보았다. 조용히 웃고 있는데, 너무나도 슬퍼 보였다. 공허하고 애잔하게 보였다.

"약속을 이행하시기 전에… 내 이름을 한번만 더 불러 주실래요? 그때처럼… 따듯하게요…"

어서 총을 버리라는 메가폰 소리는 계속 반복되었고, 최 반장을 향한 수많은 총구 끝 긴장도 점점 더 고조되었다. 하지만 최 반장은 여전히 동재에게 총을 겨누고 있었다.

왠지 모르게 안쓰러운 표정으로 동재를 바라보았다. 핏발 선 최 반장 눈에서 눈물이 흘렀다. 그리고 혼잣말처럼 중얼거렸다.

"어쩌다 이렇게 된 거냐? 대체…"

동재는 희미하게 웃으며 채근했다

"어서요…"

붉어진 눈으로 동재를 노려보는 최 반장은 어쩔 줄 몰라했다. 최 반장의 총구 끝이 떨렸다. 동재는 조용히 눈 감았다. 그 순간, 어쩔 줄 몰라 하며 신음을 흘리는 최 반장은 점점 더 크게 신음소리를 내더니 급기야 고함을 질렀다. 마치 마음속에 있는 무언가를 터트리듯이 엄청난 괴성을 질러댔다.

"…으아아! 으아아아아……!"

놀란 경찰들이 총을 발사하기 직전의 순간, 최 반장이 동재를 겨누고 있던 총구를 하늘로 번쩍 치켜들더니, 허공에다 대고 미친 듯이 총을 쏘기 시작했다.

탕, 탕, 탕, 탕, 탕……

최 반장의 고함소리와 함께 연이은 총소리가 밤하늘로 널리 퍼졌다. 최 반장은 실탄이 다 소진되자 바닥에다 총을 버렸다. 그제야 경찰들이 벌떼처럼 최 반장에게 몰려들기 시작했다.

그 사이, 동재를 돌아보는 최 반장은 허무하게 웃었다. 동재는 실망스럽다는 듯 쓸쓸하게 고개를 떨구었다.

경찰들이 최 반장에게 집중해 있는 바로 그 순간, 동재가 어떤 형사의 권총을 빠르게 낚아챘다. 갑작스러운 상황에 놀란 경찰들이 주춤거리는 사이, 동재는 주저 없이 자신의 머리에 총을 들이댔다.

짧은 순간 최 반장과 눈이 마주쳤는데, 동재는 희미하게 웃었다. 놀란 최 반장이 사람들 사이를 헤치고 동재에게 달려들며 소리쳤다.

"안 돼……!"

순간, 탕하는 총소리와 함께 동재가 휘청거리다 쓰러졌다. 최 반장이 허겁지겁 다가가 쓰러지는 동재를 받아 안았는데, 동재는 흥건히 피를 흘리면서 이미 숨을 멈춘 후였다. 동재의 두 눈은 허망한 듯 허공을 응시하고 있었다.

멍한 표정으로 그 모습을 보는 최 반장은 불현듯 울컥 눈물이 솟았다. 어쩔 줄 몰라 하다가 동재를 끌어안고서는 울음 섞인 목소리로 더듬거리며 그의 이름을 부르기 시작했다.

"…그래… 진규야… 진규야… 얌마, 김진규……!"

통곡하듯 외치는 최 반장의 목소리가 널리 퍼져나갔다. 얼마 후, 강 차장과 형사들이 다가와 최 반장을 일으켜 세웠다. 최 반장 손목에 수갑이 채워치고 형사들에게 끌려가는 최 반장, 불현듯 뒤돌아보는데, 저만치서 아들 명호가 울먹이는 표정으로 자신을 보면서 서 있었다.

참담한 모습으로 아들을 보던 최 반장은 이내 형사들에게 떠밀려 차 안으로 사라졌다.

명호는 멍한 표정으로 그 모습을 보고 있었다. 그의 눈에 보이는 순찰차가 사이렌을 울리면서 출발했고, 고수부지는 다시 어둠으로 덮였다.

주변을 밝히던 희미한 불빛도 모두 사라져버렸다. 남아있는 것이라고는 미친 듯이 쏟아지는 빗줄기, 그리고 모든 것을 집어삼킬 것 같은 어둠이었다.

아이는 그렇게 홀로 내동댕이쳐진 채 처연한 빗소리와 짙은 어둠에 서서히 잡아먹혔다.

악의 연대기

1판 1쇄 인쇄 2015년 5월 19일
1판 1쇄 발행 2015년 5월 26일

원 작 백운학
소 설 미더라

발행인 김성룡
교 정 장미경
디자인 황선정

펴낸곳 도서출판 가연
주소 서울시 마포구 월드컵북로 4길 77, 3층 (동교동, ANT 빌딩)
구입문의 02-858-2217
팩스 02-858-2219

ISBN 978-89-6897-019-1 03810